绿风文丛

林贤治　主编

外国名家植物小品

不屈的黑麦穗

桑农　编选

南方出版传媒
花城出版社
中国·广州

图书在版编目（CIP）数据

不屈的黑麦穗：外国名家植物小品 / 桑农编选. －－广州：花城出版社，2020.3
（绿风文丛 / 林贤治主编）
ISBN 978-7-5360-8982-2

Ⅰ. ①不… Ⅱ. ①桑… Ⅲ. ①随笔－作品集－世界 Ⅳ. ①I16

中国版本图书馆CIP数据核字（2020）第021781号

出 版 人：	肖延兵
策划编辑：	张　懿
责任编辑：	林　菁　邹蔚昀
技术编辑：	凌春梅
装帧设计：	林露茜
内文插画：	鑫　鑫

书　　名	不屈的黑麦穗：外国名家植物小品 BUQU DE HEI MAISUI：WAIGUO MINGJIA ZHIWU XIAOPIN
出版发行	花城出版社 （广州市环市东路水荫路11号）
经　　销	全国新华书店
印　　刷	佛山市迎高彩印有限公司 （佛山市顺德区陈村镇广隆工业区兴业七路9号）
开　　本	880毫米×1230毫米 32开
印　　张	8.625　12插页
字　　数	180,000字
版　　次	2020年3月第1版　2020年3月第1次印刷
定　　价	45.00元

如发现印装质量问题，请直接与印刷厂联系调换。
购书热线：020-37604658　37602954
花城出版社网站：http://www.fcph.com.cn

总　序

林贤治

　　一天，到张懿的办公室小坐，见醒目地添了几盆花草，摆放很讲究。座椅后壁，挂了两幅手绘的水彩画，画的仍是花草。深秋的午后，一室之中，遂有了氤氲的春意。因谈花草，转而谈及关于花草的书。她说，坊间的这类书很零散，何不系统地做一套丛书？我表示赞成，她便顺势让我着手做组织的工作。

　　有关花草树木的书，我多有购置。除了科普，随笔类也留意挑选一些识见文笔俱佳者，其中，沈胜衣给我的印象最深。他是东莞人，想不到还是一位地方的农业官员，通过电话联络，隔了几天，他径自开车到出版社来了。人很热情，没有可恶的官场习气，倒有几分儒雅。在赠我的书中，有一套他任职之余编辑的丛刊，名《耕读》，印制精美，可见心魂所系。

　　沈胜衣当日答允为丛书撰稿，归去之后，一并推荐了几位作者。我再邀来朋友桑农和半夏，在花草无言的感召下，很快凑足了这样一套丛书。

桑农编选的两种:《不屈的黑麦穗》和《葵和向日葵》,是丛书中的选本;一国外,一国内,都是名家。桑农长期写作书话,是编书的好手。他选的两种书,从植物入,从文学出,是真正的美文。《草莓》的入选尤使我感到欣喜,如遇故人,几十年前读到,至今手上依然留有整篇文字的芳馥,那"十八岁的馨香"。

沈胜衣喜读书,也喜抄录,加之注意语言的韵味,所以,笔下的《草木光阴》显得丰茂而雅致。作者置身在草木中,却无时不敏感于生命的流转,时有顾惜之意。忆往,伤逝,作品内含了悲剧中的某种美学意味,所以特别耐看。半夏是杂文家,《我爱本草》取材皆为中药,配以杂文,实在很相宜。鲁迅之所谓杂文,原也同小说一样,目的在于"疗救",种类颇杂,并非全是匕首投枪式。信笔由之,何妨谈笑,不是"肉麻当有趣"便好。半夏此书,写法上,却近似周作人的一些名物小品,平和,闲适,而别有风趣。许宏泉的《草木皆宾》,取画家的视角,多有画事的掌故琐闻。至于王元涛的《野菜清香》,特色自是写"野"。一般文士喜掉书袋,后者亦不乏此中杂俎,但未忘现实人生,夹带了不少历史、社会人文的元素,多出一种经验主义的东西。

钱红丽的《植物记》,将日常所见的花草,匀以生活的泥土,勃勃然遂有了一份鲜活、亲和的气息。戴蓉的《草木本心》,比较起来,偏于娴静,有更多的书卷气。这是两种不同的诗意,或许是沈胜衣序中说的"植物型人格"所致吧?论人性,大约男性近于动物,女性近于植物,难怪她们写起花草来,都能深入其"本心"。这两部小品,不妨当作女性作者的自我抒情诗来读。

编辑中,时时想起故乡的花草。它们散漫于山间田野,兀自开落,农人实在少有余暇观赏,倒是有一些药草,正如荒年供人果腹的野菜一样,不时遭到采掘。以微贱之躯,为救治世间穷人,或剁碎为泥,或投身瓦器,我以为精神是高贵的。但是,从野草们的立场看,未必见得如此。人类与草木之间,始终找不到一种共同的语言,想起来,不觉多少有点寂寞。

2018年11月10日

目录 contents

第一辑

塞耳彭自然史（节选）　　　〔英国〕吉尔伯特·怀特　3
记草木　　　〔英国〕吉尔伯特·怀特　5
落叶缤纷　　　〔英国〕玛丽·米特福德　15
鲜花迷人的奥秘　　　〔英国〕威廉·赫德逊　20
一棵橡树苗　　　〔英国〕理查德·杰弗里斯　37
夏日芳草　　　〔英国〕理查德·杰弗里斯　38

第二辑

野苹果　　　〔美国〕戴维·梭罗　45

杉树果　　　　　〔美国〕沃尔特·惠特曼　　76

毛蕊花和毛蕊花　　　　〔美国〕沃尔特·惠特曼　　77

橡树和我　　　　〔美国〕沃尔特·惠特曼　　79

一个沉默的小追随者——金鸡菊　　　　〔美国〕沃尔特·惠特曼　　81

糖松——众松之王　　　　〔美国〕约翰·缪尔　　83

黄松　　　〔美国〕约翰·缪尔　　87

谁为裂叶翅果菊哀泣　　　　〔美国〕阿尔多·李奥帕德　　91

雪地上的松树　　　　〔美国〕阿尔多·李奥帕德　　93

第三辑

雏菊　　　〔法国〕维克多·雨果　　103

橘子　　　〔法国〕阿尔丰斯·都德　　106

树的一家　　　　〔法国〕儒勒·列那尔　　111

栀子花的独白　　　　〔法国〕茜多妮·科莱特　　113

紫藤的习性　　　　〔法国〕茜多妮·科莱特　　115

红口水仙　　　　〔法国〕茜多妮·科莱特　　118

第四辑

花的智慧　　　　〔比利时〕莫里斯·梅特林克　　143

孤独的树	〔保加利亚〕埃林·彼林	192
铃兰花	〔南斯拉夫〕普·沃兰兹	194
草莓	〔波兰〕雅·伊瓦什凯维奇	200
樱桃	〔阿尔巴利亚〕米洛什·米吉安尼	203

第五辑

树林和草原	〔俄国〕伊凡·屠格涅夫	209
牛蒡花	〔俄国〕列夫·托尔斯泰	217
杨花	〔俄国〕米哈伊尔·普里什文	220
当了俘虏的树	〔俄国〕米哈伊尔·普里什文	223
树	〔俄国〕米哈伊尔·普里什文	225
树的生活	〔俄国〕米哈伊尔·普里什文	230
球花风铃草	〔俄国〕康·巴乌斯托夫斯基	242
不屈的黑麦穗	〔俄国〕维克多·阿斯塔菲耶夫	246
雪地上的天竺葵	〔俄国〕维克多·阿斯塔菲耶夫	248
一株小槭树	〔俄国〕维克多·阿斯塔菲耶夫	251

第六辑

山百合	〔日本〕德富芦花	255
桃	〔日本〕岛崎藤村	259

树　　　　　〔日本〕永井荷风　262

牵牛花　　　　〔日本〕志贺直哉　268

花未眠　　　　〔日本〕川端康成　271

一片树叶　　　　〔日本〕东山魁夷　275

编后记　281

第一辑

塞耳彭自然史（节选）

〔英国〕吉尔伯特·怀特

对植物学，人们的嫌恶是根深蒂固的，他们常以为，究心于草木，是玩物自娱，是练记性，无补心灵的改善，或增进真正的知识。这一门科学，倘拘于"分类"的一曲，则我们只能说：这罪状是真的。想弭人口谤的植物学家，不该满足于植物的名表，他要研究草木之理，考求植物的法则，查验药草的"性"与"力"，促进其栽培，一身而兼具植物学家、园丁、种植者和农夫四种身份。分类是不能扔到一边的；不分类，自然的田地就是无路的荒野；但分类不是主要的目的，它应从属于植物学的本业。

草木一道，是很值得我们用心的；它对人类最重要，生活的舒适与雅致，也最取赖于它。我们有木头、面包、蜜、啤酒、葡萄酒、亚麻、棉花等，全靠了植物；它不仅坚强我们的心，升擢我们的精神，还使我们免于气候的肃杀，有楚楚的冠服。自然本态的人，似乎是仰食于自生的草木的；在草盛的温带，他兼食动物的肉和田里、菜园里的产品。只有在极地，他才像他的本宗熊与狼那样，单拿肉填肚子，等饿极了，还杀自己的同类吃，据我们所知，饥饿的野兽也不如此。

草木之实，对列国间的贸易有大影响，也是航海业的伟大的促进者，这由糖、茶、烟草、鸦片、人参、槟榔果和芥末等商品可知。一方的风土，有一方的物产，彼此之不足，带来了相互的贸易；故偏远的地区，可得到世界每一地方的物产。但若缺少植物及其栽培的知识，我们英国人，就只能满足于自己的蔷薇果和山楂，而无缘享受印度的美味的水果、秘鲁治病的良药了。

身为植物学家，不能拘于琐碎，对每一种鲜为人知的"属"，都缕分其"种"，细辨其特征，他应尽力去了解有补于世用的植物。而我们所看见的却不如此；有人对田里每一种草，知之甚确，却不辨小麦与大麦，起码分不清这一种小麦（或大麦）与另一种的不同。

但最为人忽略的植物，是牧草；种田的与放牧的，仿佛也分不清一年生者和多年生者，岁寒不凋者与经秋而萎黄者，也分不清多汁而有营养的与干巴无汁液的。

对于一个多牧业的北方王国，草的研究很重要。能改良家乡之草皮的植物学家，将是社会的有益的一员：在光裸的土壤上，培育起厚厚的草皮，价值胜过分类学的煌煌卷帙。给"只有一叶草的地方，带来两叶草"的人，是最有益于社会的。

（缪哲/译）

记草木

〔英国〕吉尔伯特·怀特

树落叶的先后

最早落光叶子的树,有胡桃树;次有桑,梣(翅果多者尤甚),和七叶树。剪过枝条的树,树冠是新长的,故叶子久而不落。苹果树、梨树到了节气很晚时,仍绿色葱茏,落叶则多至11月底了。四时不凋的树,有小檗,在春天,它的叶子新陈相替;山毛榉的叶子,秋天的颜色转深,作胡桃色。大榉树落叶,则约当10月底。

尺寸与生长

诺里奇城的附近有"斯特拉顿"镇,该镇的马沙姆先生曾写信告诉我说:

"我植树始于早年;1720年种的一棵栎树,倘今天量它的粗细,则距地一英尺处的周长,可得12英尺6英寸,树腰处(距地14英尺)的周长,又得8英尺2英寸。故排木料时,假如计入树皮的话,则依购木人的算法,可出116又1/2英尺的木料。你大概从未听说一棵栎树,在种它的人在世时,能长到如此之巨吧。我有以自诩者,是它的生长之速,我不无功焉:我为它的树干浇水,我推测它的根伸出了多远,然后依它的广狭,耙松一圈土,我撒草木灰给它施肥,如《哲学通报》中所记。但我种榉树,则是1741年之后了;不是植株,而是点籽的;故我最大的树,在离地5英尺处量,合其一周,仅得6英尺3英寸,量树冠的直径,可得20码长。这树我也曾松土、浇水、施肥。等等。"斯特拉顿,1790年7月24日。

我手植的树,倘量其粗细的话,则距地1英尺处的周长分别为:

栎树	种于1730年	4英尺5英寸
榉树	种于1730年	4英尺6又1/2英寸
大杉	种于1751年	5英尺
最大的榉树	种于1751年	4英尺
榆树	种于1750年	5英尺3英寸
欧椴	种于1756年	5英尺5英寸

霍尔特林地的那一棵大栎树,马沙姆先生以为是本岛最大的,量其距地7英尺处的周长,可得34英尺。它老年间掉过几根大枝子,如今已见朽态。据马沙姆先生的计算,这高14英尺的

栎树，出木料可多达1000英尺。

众人都以为树的长高，只在梢头每年的一窜而已。但我隔壁的乡亲（他因职业的缘故，终年守在一个地方）则告诉我说，树梢下的部分，其实也延展、也上拱的。他的理由如下：我有棵杉树，它的树尖齐过对面的屋顶，是在夏初的时节；而生长的季节结束前，今年新窜出的部分，和三四个老木新枝的接口处，他坐在铺子里的条凳上即可以见之。由这去推测，则一棵树，夏天窜出的部分即使年年每毁掉，其高度的增长是仍然可观的。

树液的流淌

晚春的葡萄破新芽前，倘剪下它的枝来，就会流出大量的树液；而叶子一出，则无论怎么剪都不碍事。所以剥栎树的皮，当在叶子破芽之际，芽一展，树皮就剥不下来了；因为使树皮浮滑于树干故可剥动的树液已通过叶子蒸发而去。

换　叶

栎树的叶子被金龟子吃光后，仲夏后不多时，会又一身新绿，宛如漂亮的衣装。但榉树、七叶树和枫树的外观，一旦损于这昆虫，则这一季中，它们的美丽将一失不再得。

梣　树

有的梣树年年挂大量的翅果，而另一些树上，又似乎不见一颗。其果实累累者，叶子光光的，很难看；贫而无果者，枝叶倒很茂密，翠色久而不衰，颇悦目。

榉　树

榉树好长在树木拥挤的地方，能从最茂密的灌木里，潜滋慢长，秀出于林。故适于修补高树篱的稀疏处。

小无花果树

5月12日。小无花果一名"大枫树"，眼下正在花期；不独树花烂然，颇增美韵，花气亦馥馥如蜜，故蜜蜂们取以为口粮。它的叶子很美观，植于封圈地中，是弥增雅致的。枫树都有甜甜的汁液。

仑巴第白杨的虫瘿

仑巴第白杨叶子的柄与肋上，多凸起一颗大瘤子，作椭圆形，状如浮雕；好奇的观察者，总当作这树的果子。这虫瘿里满是昆虫，有的有翅，有的则无。其父母是cynips（瘿蜂）类下的一种。树瘿累累的白杨，园子里总有几株。

胡桃树的木料

作木匠的约翰弄回家了几根老胡桃木，树身很长，有啄木鸟啄过的几处痕迹。这种树的木料与树皮，与栎树的颇相似，不经意的人，很容易看走眼的。但它的木质很脆，近木心处尤甚，人称为"茶杯脆"（即动辄像茶杯一样，碎裂为数片），故木心的部分派不上用场。买它们来是做桶的，但也只能做家常桶。胡桃木的售价，仅及栎树的一半；但有时也冒充栎树被送往国王的造船厂。

欧椴的花

钱德勒先生说，在法国的南部，拿欧椴花泡来的水（名"提里亚"），是颇为人所重的，据说可去热，治喉哑、咳嗽等；在尼姆城，他看见大道两旁的椴树，因采花人的贪婪而遭毁损，被扯得东一枝，西一杈。他们采这花，是晒干作药饮的。

因为这话，我们冲了几杯椴花，作茶水饮下，味道倒不难喝，甜津津的，绵软而适口，颇有甘草汁的风味。

黑刺李

黑刺李开花，多在寒风吹自东北的季节；故盛行于这时节的寒烈的天气，村民们称之为"黑刺李天气"。

常春藤的浆果

在冬季、春季，常春藤的浆果，是天赐给鸟的高贵的口粮；因为一场寒霜（有时起于11月的中旬），会冻坏、毁掉所有山楂的；常春藤的浆果仿佛不为所动。

胡　麻

维吉尔的葡萄栽培，和如今胡麻的经管，弥有异曲同工之处。可举以为例者，有不停地松土、锄草，把枝绑在杆子上，和剪浮枝等；但最近我又得一新例子，即我们村的一个庄户人，正驾着一匹马，拖一架小小的三角犁，扶着两根犁柄，在胡麻的垄间翻土呢。这事让我想起了下面一行诗：

......ipsa
Flectere luctantes inter vineta juvencos.

——维吉尔:《农事诗》

　　胡麻是雌雄异株的植物;故每一座园子里,当有意留下几棵雄草(唯不见有人这样做),好让它给花朵授粉。雌株无雄株的陪伴,则性不得发舒,终长不好的;我们由此可推知蛇麻田里作物,何以总歉产。人栽培的作物,以胡麻的欠产最频繁,最普遍。

　　有两处种胡麻的园子,曾因6月5日的一场冰雹,毁损颇巨,但如今(9月2日)的长势却很盛,棵茎之大,成色之好,甚于本教区的任何一处。园的主人仿佛深信,这是冰雹砸坏了藤的顶梢,使侧芽增多的缘故。那么请问:在胡麻藤粗而壮时,是否应掐掉它的顶梢呢?

潜伏的种子

　　垂林之濯濯无毛的地方,如今覆有各种各样的蓟草。这蓟草的种子,或在榉树的浓荫下,沉埋已多年,得阳光与空气后,才破土而出。老榉树林子被伐走后,光光的地面往往一两年里,即盖满草莓科的植物,其种子埋于地上,至少有一个世代之久了。垂林的中间有一条沟,上面榉树亭亭,已近100年,人们虽从不记得这里长过草莓,但它的名字,却仍作"草莓沟"。这果子一度盛见于这地方，可无疑也，而一旦阻碍被移去，则又将兴盛如初。

鸟点豆子

我田间的小路上，秋天冒出很多马蚕豆，如今已长得很高。埃维尔去年夏天种过豆子，故这种子，最可能来自于该处；但两地的路途之遥，怕是老鼠运不来的。故说"它们是鸟叼来的"，当无大差，最有可能的是坚鸟、喜鹊，它们或把蚕豆匿藏于草和苔藓里，后来忘了藏处。这地方也不时长出豌豆来，原因或同上。

蜜蜂做"月老"

蜜蜂是黄瓜的最好的月老。但假如它无意于撮合，则吸引它的最好的办法，是在黄瓜的雌花和雄花上，抹一丁点蜜。它们被引上花朵，使黄瓜坐果后，便急切地盘旋于天窗的上方，等着窗子打开。

小 麦

英国有一通行的看法,说夏天若炎热,小麦可有好收成。但1780、1781年的夏天够热的,小麦却染了霉病,故歉产了。莫非是麦秆还嫩的季节,天气太灼热,晒流它的汁液了,故使它起了斑点、使秆和叶子变了颜色,从而损害了这植物的健康?

块 菌

8月。一个挖块菌的人来我们家了,口袋里揣着几只大块菌,是村外找见的。他说找这样的块根,不能去林地的深处,得去栽树篱的窄沟,或矮林边上。据他说,有的块菌深埋于土下两英尺,有的却在浮头;后者,他补充说,是小而无味的,故不像深埋的那样,易被狗发现。这一堆东西,他要价半克朗。在潮湿的冬季、春季里,块菌绝不多见。它生长的旺季,一年至少有9个月份,长在不同的地方。

Tremella nostoc(念珠藻耳)

天气虽一直很干,很热,但下过两三天雨后,这种果冻状的物质,便四见于小道了。

仙女环蘑菇

仙女环蘑菇的源头或起因——随你怎么叫——是在草皮里,并随草皮而转移:因为我园中小径的草皮,是移自上面的牧羊岗的,那里盛产这蘑菇;它们的形状不一,出现的地点亦多变,时而作环状,时而作弓形,有时又断烂不成形状。凡它们疯长的地方,必多马勃;其种子无疑是随草皮而来的。

(缪哲/译)

落叶缤纷

〔英国〕玛丽·米特福德

十一月六日。——天气宁静、平和、温暖宜人,如早春四月。也许,一年中感觉或看上去最为相似的两个时段,便是秋日午后与春日清晨了:一样的清新怡人、芳草凝露,一样的风和日丽、天高云淡。此时,虽无似锦繁花,却有如霞霜叶。丰饶多样、绚烂夺目的秋叶,大可替代烂漫春花,而满园满地的花儿,若缺了叶儿,终究是一种遗憾。叶是雅致、美丽的衣裳,大自然用它装饰遒劲的树木枝干;叶是翠绿的帷幔,有了它,风景方能动人,森林方显壮丽。

春秋两季,都这么魅力诱人;不得不选的话,就挑当季吧,虽然难免要心怀感激地回顾过去、满心希望地瞻望未来,但珍视当下至少是一种不错的人生态度。可以肯定的是,十一月最宜人的日子,莫过于能够漫步于"黄色的公地、桦树成荫的山谷,还有行人稀少的林间小道;"而最适宜漫步的美丽乡村,莫过于绿树成荫、阳光明媚的伯克郡。这里的景致,算不上壮丽,也不显荒凉,却是如此平静、美好,如此富有变化,如此彻彻底底的英国风味。

我们得朝着河滨前行,去农人莱利家稍个口信。说实话,这真是个十分愉快的差事。那儿的道路平坦、干爽,幽静得刚好适合乡间散步,而不至于冷清得令女人们望而却步;河水充盈、明亮、清澈的洛登河,似一面镜子映照着蔚蓝的天空。走过洛登河,就到了邻近最美、最舒适的农舍。

今天的乡间小道,色彩斑斓,美不胜收!褐色的道路旁是郁郁葱葱的植物,上面点缀着一片片刚刚落下的淡黄色榆树叶。矮树篱绚丽夺目,蔓生的荆棘花环呈现出深浅不一的紫红色。头顶上杉木不变的绿色,与色彩斑驳的梧桐、黄褐色的山毛榉以及微风一过便沙沙作响的橡树枯叶,形成了强烈的视觉反差。还有一些常见的耐寒黄花(无论家养还是野生,花的颜色通常是黄色的,也有蓝色的,却颇为罕见),品种多样,但几乎都是一个色调,虽然已是秋季,仍然繁花似锦。红色的浆果四季可见。这条小道真是美极了!

上山的路变宽了,道旁的牛群吃着草儿,这小山的景致真令人惬意。小邮差乔治·赫恩以极快的速度滚着铁环,来加快工作进展;这样可以骗自己,这活计就是游戏!山顶上这块公地又是多么美丽啊!清澈的水塘边站着玛莎·佩茜的孩子——三个小精灵,只有三岁、四岁、五岁。从他们晒黑的脸庞、破旧的衣裳上,看不出是男是女。他们正用一只干净得发亮的家用小杯,还有一把口沿残破的褐色小水罐,将塘里的水舀入大水壶里。水壶要是装满了,他们仨一起用力也提不动!他们真是画家的好素材:粉红色的脸颊、胖嘟嘟的小手、圆乎乎快乐的面孔。背景中,低矮的小屋掩映在藤蔓叶子和月季花中,玛莎站在门口,清秀整洁,面带微笑,一边收拾着要煮的土豆,一边看着孩子们舀水灌水。多么完整的一幅图画!

不过,我们得继续前行。这些昼短夜长的日子,没时间作更多的画了。天气也开始转冷。我们必须继续走下去。达希领着路,一边搜寻着草地边缘茂盛的双行矮树篱,其速度表明有猎物惊起,树叶也搅得飞舞起来,快得就像霜冻之后呼啸的东风。啊!一只山鸡!一只美丽的雄山鸡!无论是在树篱还是矮树丛中,达希搜索猎物非常准,这一带找不到比它更好的猎犬了。不过,我原以为那是一只路过的野兔,听到美丽翅膀的扑扇声,就像这只王子般的鸟儿听到枪声一样,我一下子惊住了。真的,我相信,山鸡起飞的情形,有时会使年轻的猎手有点紧张(他们不太容易承认这一点,但这话一点不假)。经过一段时间的训练,他们才会习惯这种声音。然后,翅膀突然发出的巨大的扑扑声,会使他们变得十分令人振奋,就像达希那样。达希正竭尽全力拍打着树篱,吠叫得更响了,将树叶踢得四处乱飞——它非常得意自己发现了山鸡。达希也许对我还有点生气,因为我没开枪。如果我是一个男人,它或许会真的生气。达希是一只极其聪明的狗,在狩猎界生活了四年,它不可能没发现这样的事实:先生们开枪打猎,女士们却不会。

洛登河终于到了!美丽的洛登河!上了桥,每个人都会不由自主地停下来,倚着栏杆,稍稍眺望一下可爱无比的景色。大宅的精致庭院里,生长着一丛丛生机盎然的酸橙树、杉树,以及巨大无比的杨树。大宅的对面,是散布着橡树和榆树的绿色草地。清澈的河流,蜿蜒曲折。风景的尽头是一座磨坊及其美丽如画的老房子。所有这一切,在秋天丰富色彩的映衬下熠熠生辉。湛蓝天空的柔和美丽,与此时此刻的隽永宁静融为一体。哪怕是每天过河的农人,也会在这桥上停下来。

白天消逝得很快,天气变得越来越冷。我想这是要下霜了。毕竟,春天是最快乐的季节,美丽得像今日的景致一样。我们得继续赶路,顺着宽阔却幽暗的道路前行。道路一边是公园,常青树将其遮蔽得黑黢黢的,而小鹿又将其点缀得斑斑驳驳;另一边是草场,高大的榆树下放牧着羊群、牛群、马群。道路两旁的斜坡仿佛在竞相比美,一面生长着羊齿草、丛丛金雀花,还有结满浆果的荆棘、茂密闪亮的冬青;一面是如画的老栅栏、鲜艳的月桂、毛茸茸的雪松。顺着这条树荫浓密的道路漫步,转个弯,就到了空旷之地。四条人道在此交汇,一条宏伟的林荫道转向大宅。村里的教堂从古老的紫杉树中伸出不大的尖顶。环抱在果园、花园之中,由谷仓、麦垛以及所有农家庭院财物衬托的,便是好人莱利农夫宽敞、舒适的住所——我们此行的终点和目的地。

口信愉快地传到了,也得到了回话。和煦美好的白天,渐渐消退成寒气袭人的夜晚。老街上的榆树叶、椴树叶在空中颤抖、摇摆、飞舞,最后飘落在地上,仿佛达希在树梢上追逐野鸡。太阳透过薄雾闪烁着,散发的光和热,与他白皙的妹妹月亮所散发的相差无几——我真不知道还有什么比寒冷的太阳更令人失望的了。我开始把披风紧紧地裹在身上,计算着还有多远的路程才能回到炉边。我收回一路上对十一月的赞美,怀念起春雨阵阵、花团锦簇的四月,好像自己是一只冻得半死的蝴蝶,或者一朵被霜击倒的大丽花。

啊,天啦!这是什么天气,半小时内对它保持同一种心绪都做不到!对了,我不知道错在天气(达希似乎对此并不在乎),还是错在我?如果来年春天,碰巧在阵雨中淋个透湿,我又禁不住向往起秋天来,那么,这个问题就解决了。

(汪精玲/译)

鲜花迷人的奥秘

〔英国〕威廉·赫德逊

当我全神贯注思考上一章（按：本文选自作者《鸟与人》一书第七章）的内容——某些鸟类甜美的鸣声所含的人类性质时，它强有力地使我感觉，在动、植物世界和无生命的自然界中一切跟人类的相似之处大量进入并且强烈地影响着我们的美感；我们只要听听风声和水声，动物的声音中的人类声调，认出植物、岩石、云彩以及某些哺乳动物，例如海豹，类似人类形状的圆形的头部；许多哺乳动物、鸟类、爬行动物普遍表现于眼睛内和面貌上的神情，知道这些跟我们人类特征的相似之处，既是偶然又是大量的，就会察觉出来。它们构成数不清的我们熟悉的自然景象和声音，虽然在大部分情况下，这种相似是不足道的，只是一点特性，我们却未曾意识到这一现象的原因。

我的心灵对花卉情有独钟，它们比大部分自然物更吸引我的关注，也给我更多的愉悦。我似乎觉得那跟鸟音中人声般甜润的音调对心灵产生的效果相似。换句话说，人在对花的色彩的联想上可以找到，即使不是它的主要的，也是非常迷人的魅力；这在某些情况下超过它所有别的吸引人的地方，包括形状的美，色彩的纯正与光艳，以及各种颜色和谐的配合。最后，是具有这样一种性质的香馨。

因而我们看到这两者之间存在一种密切的关系——人对花卉的色彩与鸟音的联想；在这两种情况下，这种联想都构成，或者说是这一"表现力"的基本要素。这种关系，以及把目前这个问题提出来的事实，显得几乎是前面一章探讨的问题的不可避免的结果，别人准认为是我在一本讨论鸟类的书中——或者鸟和人的书中——插进一章论花卉的借口。但这个借口简直不需要。在一些谈论鸟类的书中如果把鸟谈得过多必然使大部分读者产生那是一大缺陷的印象，因而，有一章谈到别的东西，它又不是完全硬扯进去的，就可以作为一种积极的调剂。

由于表现这个词频繁地出现在本章内，它不能用于本书开头的那种意义，不妨解释它在这里的含意不是平常所指一个人面孔上或一幅图画，或任何一件艺术品的特点，那指的是思想或感情。在这里这个词具有作家赋予它的美学意味，作为描述由一个物体所引起的种种联想所加给它的那种特性。这些特性也许无迹可寻，我们可能没有意识到，通常我们没有意识到有这种联想存在；然而它们始终在我们的脑际，它们带着它们加在一件物体上的特性，可能提高它固有的美和魅力，甚至使之增加一倍。

我在什么地方读到一则非常古老的传说，它说人原来是由许多物质造成的，最后上帝拿了一把野花揉在他的身体内，使他的眼睛有了颜色。这是个美丽的故事，但可以说得更好些，因为精致和美丽的肉色鲜花主要是因为它们的色泽而吸引人，这是肯定的，就好像蓝色和某些紫色使我们愉快主要是因为它们使人联想到眼睛的虹膜的关系。皮肤也需要某种美丽的颜色。在花束中有红色和蓝色的花，红色的花在大自然中是最丰富的，在色彩中也有更多的变异，在我们的钟爱下比它们美丽的对手给予我们更多的愉悦。

不论自觉或不自觉，人们把蓝花同蓝眼睛联想到一起，由于花的蓝色在所有或几乎全部情况下都是清纯美丽的，它像最漂亮的人的眼睛。这一联想而不是蓝色本身使我们感到是蓝色的花对我们大多数人具备优越的吸引力的真正原因。除开联想之外，蓝色比红色、橙色、黄色的吸引力较逊，因为不那么鲜明亮丽；此外，在花如此微末的物体上，绿色对蓝色是最不起作用的背景色。事实上我们从稍远处看，花的蓝色被周围的绿色吸收而消失，而红色与黄色保持它们的光艳，但蓝色获得我们更强烈的喜爱。作为一种人的色彩，蓝色首先产生于碧眼金发的种族，是这一种族的最重要的色彩，我们可以说，是人内心的灵魂。

某些紫色的花在我们心目中的地位仅次于蓝花，由于它们在颜色上接近纯蓝。野生的风信子、矢车菊、紫罗兰和三色堇，以及别的一些，是人人都会想到的。这些是蓝色的色素占主导地位的紫色花，因此，具有蓝色同样的表现力。红色色素占主导地位的各类紫色，在表现力上跟各种红色相近，是同肉色和血色相联系的。这里不妨指出蓝色与蓝紫色的花，对我们产生最大的魅力，是那些不仅表现出眼睛的颜色而且在形态上跟彩虹有某种相似之处的花，它的中心象征着瞳孔，比如亚麻、琉璃草、蓝天竺葵、长春花、婆婆纳、三色堇、蓝海绿花等，实际上要比某些更大更漂亮的蓝花，比如矢车菊、蓝蓟菊苣，以及观赏下大簇大簇的蓝花更强烈地吸引我们。

就我们都衷心喜爱的，或更准确地说，我们对之极为珍爱的为数众多的蓝色和紫色的花来看，在许多情况下，它们特有的名称是由它们使人产生的联想——由它们的"表现"所提示出来的。

黑种草、天使眼、勿忘我、宽心花即三色堇是为人熟悉的例子。宽心花与三色堇，不论哪一个名称，在我们的印象中都特别适合作为我们最普通和普遍的园花之一。然而我们看到除开这两种名称所提示的宁静和可爱的含意外，它所暗示的娴静、端庄的意味，事实上，使那些见过圭多所绘的《敬慕圣母图》的观众想起图中最可爱的天使之一，他的纯洁可爱的眼睛和容貌流露出要求观众爱慕的某种渴望。有一种叫"悠闲的爱情"的三色堇，曾被人用它的几种农村土名加以描写，尽管也许有些粗俗："在园门后吻我"，还有，不论好坏，"在门口跟它相会，在食品贮藏室亲它"也如此。在这批名称中包括"谁也没有这么漂亮""漂亮的姑娘""漂亮的贝茜""赶紧快亲我"。当我们看到桂竹香的火焰般的深金红色时，甚至这样的名称如"基督的血泪"也听起来不过分花哨或令人惊愕；另一种蓝花，婆婆纳，这样的别名如"我愈看愈爱你""天使的眼泪""基督的眼泪"，还有许多也是如此。

一位从事写作野花的作家，在谈到这类地方性别名时，曾说:"若我们深入研究产生它的名称的原来富于暗示的说法,那会打开有关人类思想对大自然最初认识知识的宝库;单单梦想这样一种发现就使表述这些名称的语言充满难以言传的奇异魅力,要是我们能理解的话,这些语言能道出人类已被遗忘的幼年时代的许多事情。"

这是一件非常简单的小事,然而词语发挥了何等美妙的作用,又把这件事情弄得何等有意义和神秘!这是一个有趣的例子,说明我们奇异的无可奈何,且不说低能,它震动我们这些在戕害心灵的学校内训练出来的大部分人;学校训练人们不是去思考,而是教导他们到书本上去追求他们需要知道的任何以及一切东西。如果大英博物馆的藏书没有说明数百年前我们的祖宗为什么叫花为"无比漂亮"或"雾中的爱人",于是为什么对这件事我们只满足于坐在一团漆黑里等某位从天而降的天才下凡来启示我们呢?然而我想哪个农村孩子都会给某种引起他注意的植物取个名字,在许多情况下,这个孩子叫的新名称是由这一物种所引起的有关人的联想启发的——在形状、颜色、声音上发现有某种相似之处。不是书本而是直觉,我们自己的早年的经验,任何人只要没有被读书蒙蔽,都能从一朵花看出点名堂,都是以显示全部这种潜在的、奇妙的、在人类遥远的幼年时代,心花初放时,对大自然的认知。

从这一点可以看出我并不自认这是一种发现;我称之为花的魅力的秘密是每个男人、女人和孩子,甚至是那些坚决否认他们具有这种知识的我的朋友都是知晓的。但是我认为对儿童最熟悉。我在这里所做的仅仅把我(也是我们全体)对花有点模糊的思想和感觉用文字形式集中起来；这是一件小事，但它偏巧是迄今为止没有人尝试做过的事情。

在我的某些读者的心目中——像那些我提到过的有疑虑的朋友，他们并未清楚地意识到一种花所以产生某种表现的原因或秘密——在对蓝色的花和紫蓝色的花说了那么多的话以后也许依然还存在疑虑。那么在对种种红色加以考虑，而且在发现红色的花所特具的表现力在程度上变化无穷，又总是在那些最接近顶顶漂亮的肉色的花的不同色调上变化最大之后，这种疑虑应该消失。

在我说"漂亮的肉色"时我正在想我从红色的花的表现所得到的美感愉悦和联想。我感到愉快的表现是那种柔和淡雅的不同色泽，有时像美丽柔软的皮肤的肌理一样；但是这一"表现"在跟不愉快的红色，也就是跟人脸上那种使我们讨厌的红色相似时，也会在花的颜色上存在。我们当中大多数人知道这些使人不欢的色彩可以在有些花上见到。我记得从前有一回走进一家花店，见到一大把刺目的紫红色瓜叶菊摆在一个引起我注目的架子上。"请问，这花不好看吗？"花店里的一个女人说。"不好看，我一见它们就讨厌。"我回答。"我也是！"她很快地说，然后补充因为她不得不卖它们才说它们漂亮。她无疑也看见过一种叫"酒糟鼻"的难看的花，花的紫红色如其名，在许多好酒贪杯的中年人脸上，不论男女，都能看到。这种人往往使他们的亲友放心，他们不能安享天年，他们的行为在人去世后也不会散发芳香。

花中我们最喜爱的红色是优雅的玫瑰红和桃红；它们比最

纯和最艳的亮色更令人喜欢，若跟因为清新，朝气蓬勃，悦耳好听的人声相似而使我们愉悦的鸟音比较，花若展现人的最可爱的肤色时顶顶使人喜欢——比如说苹果花，旋花植物，麝香锦葵，杏花，野玫瑰。在这些花之后我们为较深但柔和，不太鲜艳的红色所吸引——我们赞赏欧洲七叶树开的红色的花以及许多别的花，直到娇小玲珑的紫繁蒌。再次则是从老鹳草花以及其他野天竺葵、缬草、红剪秋罗和布谷鸟剪秋罗等花上看到的强烈的玫瑰红。这种浓淡不同的红色加强了，但依然柔和，可以在柳兰、毛地黄，以及更深的轮生欧石南和小叶欧石南花上看到。这些悦目的红色的花，若非全部，其中有的带有紫色，还有许许多多鲜明的紫色花像红色花一样吸引我们，它们的表现出于同样的原因，因为在大部分人的肤色中会有一点紫色，甚至一点蓝色。

蓝英英的圆叶风铃草，像你的血管。

这是《辛伯琳》中一行为人熟悉的诗；谁都能看出皮肤纤嫩的人的蓝色血管和那朵可爱的花的淡蓝色之间的相似之处。紫色与成片微紫的红色多半可在冬天严霜的天气下从皮肤纤嫩，肤色红润的年轻人外貌上看到，这时，在晨练期间和晨练以后他们的眸子发亮，面孔由于年轻健康，天然产生的幸福感而精神焕发。皮肤的紫色和紫红色是赏心悦目的，恰好可以和许多鲜花媲美；人的紫色可以在紫千屈菜的草芙蓉以及十多二十种别的熟悉的紫花上见到（只举出一二种非常普通的野花吧），许多人色泽鲜艳的紫红色皮肤恰像普通猎犬的舌头和别的绀紫色的花。但我们总是发现，我认为，跟人的肤色联系起来的紫色花的表现，跟人面交映和淡化为某种红色和浅红色时，是最强烈的，我以为我们甚至可以在一种小花如蓝堇上见到。蓝堇的一部分是深紫色的，其余部分则是轻红。即使红色非常深浓，例如普通的虞美人，红色表面的悦目的紫色也是很明显的。

回到纯粹的红色来吧。我们可以说，恰好紫色在种种红色中出现或带着种种红色时，在花中看起来最美或者说具有更大程度上的表现力，那么最轻柔的玫瑰红和淡红作为一种红晕或色泽出现在白色的花上时最吸引我们。大概由于不同的美丽的肉色而使我们赏心悦目的花是"狄戎之光"这种玫瑰，它在我们当中既如此普通，又普遍最受宠爱。玫瑰是大部分花园都栽种的花，不在我的兴趣之内，但它们看起来绚丽夺目——因为它们引发的联想和表现，不管我们知不知道。你可能原谅托马斯·卡鲁在他的诗句中表现的矫揉造作：

在六月过去之后别再问我
宙斯把凋零的玫瑰送到何处，
因为这些花沉睡在你美丽的光华里
如同在它们生根的土地

但所有的红色都有属于人的某种东西，即使是鲜艳夺目的猩红和绛红——猩红的马鞭草，罂粟，我们的园栽天竺葵，等等——虽然色彩强度上它们大大超过最鲜艳的绛唇和明丽的红颜。然而光彩照人的殷红不限于嘴唇和脸颊；甚至手指要是在眼前对着太阳或火光举起来显出一种非常精美淡雅的红色；这同样鲜艳的花的色泽有时也可在耳郭上看到。实际上这是血的颜色，那鲜艳的液体，就是生命，常常流溢出来，产生人的许多对花的联想。那位波斯诗人，他的姓名最好不要写出来，因为过度频繁听到它，大部分人已经厌倦了，他说过：

> 我有时想玫瑰从来没有像
> 帝王流血的墓地的花那样殷红

有许许多多种以人血浇成的植物。我们最普通的鸡冠花以及它的"低垂的泉水"提醒我们存在数不尽的庸俗的名称表现这种相似性与联想。这种思想或幻想在无论文明或野蛮民族的诗歌文学、古代寓言和民间传说中到处都可找到。

如果我们从蓝、紫、红诸色转向白色和黄色，我想我们能更快地认识在鲜花上人因它的颜色所产生的兴趣，由于这个原因最佳地欣赏它的审美价值。这后面的两种色给我们的感觉，在性质上跟其他色所产生的明显不同。它们不像我们，也不像和我们有关的任何有感觉力的生物；没有亲属关系，也没有人的特性。

我说"没有亲属关系，也没有人的特性"，指的是那些没有点杂色的纯白或纯黄的花；在某些不鲜明或不纯的黄色或混杂有红色或紫色的黄白色花中我们确实有红色与紫色花的表现。最白和雪白的花的清纯确实跟人的眼白和牙齿相似；但我们也许看到人的这种白色部位却不能把花跟人联想到一块。

白色的花的白，如果带有红色那就绝非与人没有关系了，大概因为在人的纤嫩的皮肤上的非鲜艳的红色或玫瑰色使淡肉色对照之下显得白皙，这是以"白里透红"著称的面色，苹果花是一个美丽的例子。受人喜爱的雏菊，要不是那一抹联想到人的绯红——那小不点儿的，谦逊的，在尖尖上绯红的花——价值会差得多。雏菊也就是有那么多温柔和美丽传说的草本植物玛格丽特（延寿菊），白色代表纯洁，红色代表悔悟，即使从未读过那些传说以及一切讲述雏菊的起源，其中最美最悲怆的故事的人，都能发现这种花的一种秘密的魅力。在其他的普通例子中有红白色的山楂，五叶林莲花，旋花属植物，六瓣合叶子，以及许多别的花。六瓣合叶子的花芽是玫瑰红色的可在带奶油色的开放的白花间见到，要是在乳白色或象牙白色上面稍带蓝色或任何红色或紫色的时候，它的颜色总是非常显著而美丽的。如果我们从六瓣合叶子再看它最近的近亲，普通的绣线菊，我们看到一抹玫瑰红给予前者多么动人的妩媚，而绣线菊没有我正加考虑的这类表现——不产生跟人的联想。

就纯黄色的花来说，如同纯白的花，缺乏令人感兴趣的地方。固然黄色是头发的一种颜色，在头发方面我们可以找到深浅不同的黄色，可是我们无法找到或者还没有找到一个比"色度"更好的词来表达一种颜色的特点不同。有所谓亚麻色、茶色、青铜色、蛋黄色、金黄色，这包含着许多变异，头发被称为桔红。但这些都不是花的黄色。理查德·杰弗里斯告诉我们，当他放一个金币在蒲公英旁边时，他看出二者色泽的不同事实是没有两种颜色似乎比金子的黄色和蒲公英的黄色更不同了。没有必要放一鬓头发和任何黄花在一起比较它们的颜色多么不同。头发的黄色像金属，像黏土，像石头，像种种泥土性质的物体，也像某些哺乳动物的皮毛，像植物茎，叶子的叶黄素，有时这种黄色可在云层中看到。莪相在他对太阳的呼号中，说到他的黄发在东方的浮云上飘舞，我们马上会觉得这个比喻的真实与美丽。我们赞赏黄花色彩的清纯与鲜明，恰像我们赞赏某些鸟音因为声音的清纯与嘹亮，不管它们与人声如何不同。我们欣赏花卉，在许多情况下是因为它的形状的精美，黄花与绿叶映衬的美丽，例如黄菖蒲、香沟酸菜，以及别的数不清的鲜花。但不管我们如何赞赏但体验不到蓝色与红色在我们内心中激起的亲切温柔的感情；换句话说，黄色的花没有跟其他颜色的花区分的表现力。因此，在丁尼生谈及"婆婆纳的宝贝蓝色"时，我们知道他是对的——他表达的是一种我们所有的人对这种花的普遍的感情；但没有诗人会犯这么大，这么荒谬的错误，用这样一个词去描写为我们最受重视、最熟悉的野花的最可贵最可爱的黄色——毛茛或毛茛属植物驴蹄草、黄菖蒲、海滨罂粟、立金花，或金雀花，或荆豆，或岩蔷薇——比方说吧——表示亲密爱恋的感情——一个人对我们所珍爱的那个人的感情。丁尼生所用的该词用于任何纯白的花——比方说繁蒌——都不适合；像延寿菊类的黄白色的花也不行。但是你一看到最白的花上有一抹绯红或玫瑰红，如我们在雏菊和小米草上看到的话，那么你马上会说它是一种"宝贵的"或"宝贝儿"的颜色,谁也无法对这一措词找出毛病。

如果我们考虑到有时从某些花卉上看到晦暗的与不纯的黄色,以及某些跟悦目健康的红色结合的黄色,例如忍冬花上的色调时,我们可以发现黄色花上的这一表现——跟人的联想。因为在皮肤中存在黄色,甚至在完全健康的情况下;它在颈项上表现得最强烈,扩散到喉部与下巴,是一种温暖的暗黄色,在某些妇女的皮肤上特别美,但很少出现在脸部。当我们看到这种温暖的暗黄色和乳黄色跟更温热的红色糅合时,如"狄戎之光"玫瑰达到的效果最美,表现也最明显。但是如果花的色彩是一种苍白晦暗而不纯的黄色,那么它的表现是令人不欢的。那是肤色不健康的黄,由黄疸病、消化不良和别的疾病造成的面色蜡黄。我们通常说这样的颜色的花是"病态的",联想起衰病的人。杰拉尔德在描写花的这种颜色时,喜欢用"劳损过度"这个词,这是个非常恰当的词,如同现在所用的那个词一样,是从联想而来的。

那些熟悉许多花卉的人会注意到我只不过提出不多的若干种——也许太少——作为例子,而这些差不多全是人们熟悉的野花。我不列举园艺花卉的原因是我们栽培的花不仅是人工产生的,在某种程度上是畸形的,也是在自然条件下可以观赏的。来观赏的人成群结队,各种各样的品种摆在一起,距离太近,在大部分情况下被挑选出来是由于绚丽的颜色。因此无论它在某些方面产生什么令人高兴的效果,跟花卉在天然状态下在我们心中产生的朴实自然的感情相比使人清浊难分。

老实说在大部分情况下人造的园林使我不快;因此我避开

它们，对园艺花卉所知与思考甚少。当然不可能对庭园过门而不入。大园林是大宅第的非常宝贵的附属品，对女主人比丛林对男主人同样甚至更加重要；如果我被邀请进园参观并要求对园中的一切加以欣赏时，我不能说，"夫人，我讨厌园林"。相反，我必须无可奈何地同意并装作高兴。在她的乐园内到处转悠时，我的目光因偏巧碰到一块郁金香，或红天竺葵，或蓝飞燕草，或讨厌的蒲包花或瓜叶菊的花坛而眼前一亮——一大片有色的火焰从一块方或圆形的荒芜不毛的泥土里冒出来——这种感受岂止是不快：一大片色彩向我刺眼地炫耀，我被控制而不知所措，它扩张开去把我心中一百种原先见到的精美宝贵的形象全部抹掉。

但我扯得太远了，也许引起读者的反感，本来我是很想引起他或她的共鸣的。

我列举的花不多，却都是我最熟悉的，因为照我看似乎太多的例子对读者会造成记不清每个品种的确切颜色，因此无法在心目中再现其确切的"表现力"——每种花所传达的感觉。另一方面那熟悉花和爱花的读者，在他的心目中有数百种花，也许达到二三百个品种的分明的形象可以从他的记忆中为我补充更多的例子。

对某些花的魅力的原因解释，某些读者会立即产生反对意见，不妨预先作出回答。读者会说这一看法，或者说道理，肯定不对，因为我个人偏爱的是一种黄色的花（樱草或水仙，比方说），我觉得它具有一种超过其他一切花的美的魅力。对这样一个偏好的明显解释是，那个受到偏爱的特定的品种是跟童年或早年的回忆联系在一起的。这类联想会使它在许多花中带有只可意会的魔力，因而只要对它一瞥或一闻，在心目中就唤起许多美好的回忆。每个生长在乡村的人在这种情况下都受到某一自然物体的气味的影响；我记得居维叶的情况，他总是为某种普通的黄花感动得热泪盈眶，不过我忘记了这种花的名称。

测验这一理论的办法是拿或考虑两三种或五六种不跟人的早年生活产生联想的花，像前面所说的楼草和水仙作为例子，它们是跟别的花不同的圣洁的花；有的有人的色调，有的没有，考虑一下每种情况在内心产生的感觉吧。假如有人看看，比如说，狄戎玫瑰（在某些人的心理上它的精神形象会跟它的实物起同样好的作用），然后再看一看一朵纯白的菊花或一朵百合，或其他美丽的白色的花；然后再看一看一朵纯黄的菊花，或 朵黄蝉花，或任何一朵赏心悦目的美丽的兰花，上面没有一点跟人相关的色泽，也许他熟悉，他大概会说：我比玫瑰更欣赏这些菊花和别的花；它们是精美绝伦的——我想象不到有更美的东西了；虽然玫瑰相比之下，其美丽光彩较为逊色，不过我对它的赞赏显得多少在性质上有所不同，含有使它实际上比别的花对我更可贵的东西。

这一不同，也就是内涵更丰富的性质，是由于玫瑰的颜色引起我们有关人的联想；这一新的因素——它产生的感觉，含有某种温柔亲切的意味——使我们跟人的美的感觉是同回事。

前面讲的在这里有点改动，跟原来的话比较，主要是措词上的，有些意思现在有待补充。

我曾在《大地的尽头》（1908）这篇作品中写到西康沃尔的野花。我回到花的魅力这一话题是由于它们的人的色调，这里将重复许多先前说过的话。

有些读过我写花的那章的读者并不信服我了解的情况；这出于他们意料之外，在某些例子上他们坚持他们的意见而不想放弃。就这样，批评我的人当中有两位，他们是分别写的，表示他们的观点说花卉对我们是宝贵的，似乎不止是好看而已，因为它们绝对跟人生的喜怒哀乐无关——因为在我们看花的时候，被引进了或瞥见了一个更光明的世界，好像一个脱离肉体的精神可能做到的一般。这不过是一种美丽的幻想；但是我遇到了另外一些有创见的批评者，在我跟他们的通信中我更加坚决地相信，我对蓝色的花的考虑遗漏了一个严肃的问题。在我说它的表现力是由于联想到人的眼睛时，我的友好的反对者当中最强有力的一位告诉我，任何一个人能随意在个人的感觉和联想中陶醉；这些是"一种在事物固有的美上面盛开的花"——说得多好！他接着问："蓝色使一个水手联想到什么呢？有时是大海，有时是天空，有时是开船的信号旗；但假如你问他蓝色颜料使他联想到什么，他会说哀悼。那是一条船的丧服的颜色。苏顿博士总是称蓝色为无色，因为那是死亡的颜色，退出生活的标志。"

这挺有意思，但不能作为一个论点，因为该章内花或任何其他物体的蓝色，事实上任何颜色理所当然对我们每个人都具有引发个人联想的作用，按照我们是什么样的人，我们的心情，我们的生活条件，我们的早年生活等等而定。蓝色可以使水手想到大海、天空和起航的旗，然而蓝花具有的引起它对人的联想的表现力，也可以有引起另一个人同样的作用。

但批评我的人偶然不知不觉地谈了更好的意见，他进一步问道："为什么天空的蓝色不该使我们去爱花呢？我知道我的情况就是如此，在花的蓝色上我能感觉到天空，空气，远方的不同的蓝色。"

无疑他是对的；蓝空、好天气，露天都使人想到蓝花。这使我惊异地想到蓝天下度过的岁月以及我对蓝色花的全部感触而不是停留在这个非常简单的事实上。如此简单，如此明摆着，以致你刚一听到说随即想象到你早已知道。如果你看到蓝花便不可能不信服这个说法的真实性，尤其是当这些花遍开在大面积的园地上，例如你在春天的林子里看到一大片野生的风信子，或者对着西康沃尔郡海岸上的春海葱一望无际的蓝带子注目而视，或者看到苏福克大片盐碱地由于蓝蓟而变成蓝色的时候。

十分奇怪的是就在这封含有批评的信刚到达我手中之后，另一位通信者，他也在我的反对者当中，他寄给我引自约翰斐尔恩爵士论绘制纹章上的蓝色这个问题的一段精彩的话："蓝色表现诸种元素中的空气。空气跟其他的元素相比，作为任何生物唯一的保姆和精神的维护人，是生命最大的造福者。蓝色普遍来自碧空，它常常是在暴风雨之后显现，对佩戴蓝色纹章的人在所有事情上表示顺利成功与好运。"

总之，在接受这一观念之后，我的看法依然是与人相关的联想是蓝花的表现力的主要因素，或者无论如何在大部分开花不多或通常开一种花而不是色彩缤纷的花卉中是如此。这类花如三色堇、紫罗兰、婆婆纳、圆叶风铃草、疗肺草、蓝天竺葵等。再者，也许在所有这类花中，其表现有一种因素是由于跟色彩联想起来的缘故，那就是天气；但这些联想在一种蓝色的花总是成群成片地给人看到，例如有风信子的情况下，必定更加强烈。在黑眼睛的种族中蓝花的表现只会使人想到好天气。假如某位怀有好奇心的探险家愿意尝试去发现野蛮民族对花卉的感觉，他愿去发现他们对蓝色的花的特殊关注，我不会对此奇怪。

（倪庆饩/译）

一棵橡树苗

〔英国〕理查德·杰弗里斯

当我看到草中的一棵橡树苗时我总是产生一种惋惜之感。那两片青青的子叶——小小的树干那么挺直和自信，虽然不过八英寸高，已经完全是一棵树的姿态了——树叶和树干本身都是美丽的。强大的潜能，能吃苦的耐力，宏伟的气派，都包含在里面了，你用手可以整个一把握住它，好像在手指与拇指间抓住一条船。扫荡一切的时间，暂时受到排斥；当我们所知的时间被遗忘时橡树会成长起来；当它一旦受到采伐，它将成为保障未来的世纪中一代人安全的栋梁。这样一棵植物竟然长在草中，被镰刀砍断或者遭牛群踩倒，真是非常可惜。我不禁想，要是能把它移栽和加以保护该多好。在秋天落到地里的数不清橡实中一百万颗里面还不到一颗有可能成长为树木——这是一种力与美的莫大的浪费。

（倪庆饩/译）

夏日芳草

〔英国〕理查德·杰弗里斯

我踏着芳馥的浅草向上走去。而随着每一步的攀登，我的心境的感受范围似乎也更加宽阔；随着每一口清醇气息的吸入，一个更加深沉的渴望正在不觉萌生。甚至连这里太阳的光线也更加炽烈而妍丽。待到我登上山顶，我早已把我的卑微处境与生活苦恼忘个干净。我感到我自己已经一切正常。山顶有堑壕一道，行至其地，我沿沟缓缓而行，稍事歇息。沟的西南边上，一处坡面坍陷，形成裂口。这里下临一带广阔沃野，其中盛植小麦，景色颇佳，周围青山环抱，宛如一古罗马圆形剧场。山间有通路隘口之类一道，折向山南，天际远处则为白云锁闭，不可复见。各处村屯农舍多为林木荫蔽，故此地堪称绝幽。

我这里的确幽静异常，唯与阳光与大地为伍。我躺在草上，开始从灵魂深处与大地、阳光、空气以及那渺不可见的远海慢慢絮语。我想到大地的坚实——我甚至觉得它将我载负而起；并从身下如茵的绿榻那里传来一种异样的感觉，仿佛大地正在和我交语。我想到那流荡的空气——以及它的纯净,这正是它的美的所在:它抚摸着我,并把它自身的一部分也给了我。我又与大海谈话;——虽然它离我很远,在我的想象之中我仍然看到了它缘岸近处的苍翠与远洋深处的蔚蓝;——我渴望获得它的力量、秘密与光荣。然后我又与太阳对语,渴望从它的辉煌与灿烂中,从它的坚忍不拔与不知疲倦的驰驱中,找到那和灵魂相仿佛的东西。我抬起头来仰对着顶上的蓝天,凝视着它的深邃,吸吮着它的绝妙的色泽和芳馥。天上的那些采撷不到的花里的浓郁蔚蓝把我的灵魂也吸引了去,使它在那里得到安息;因为纯净的色调能给灵魂带来静谧。凭着这一切我祈祷了:我的灵魂体验到了一种完全不可言诠的感情;相形之下,祈祷反而显得微不足道,至于语言更是这种感情的一个粗糙的标记,只可惜我除此再没有别的办法了。凭着碧蓝的天空,凭着那光透幽径的滚滚炎阳,一个新的缥缈的"以太"海洋正在一天天地展开在我的面前。凭着那环抱宇宙周流八垠的爽气清氛;凭着那喧豗在岸边的大海——近处雪浪翻舞的碧海与远洋的深海;凭着载负着我的坚实的大地;再凭着芳馥的茴香,它们的小花我常抚摸;凭着芊芊芳草;凭着那经手一搓便顺指滑落的粉松白垩,我祈祷了。我搓搓土块、草叶与茴香,吸吸周流寰宇的澄鲜空气,想想大海与苍天,伸伸手臂来让阳光爱抚一番,并俯首在草上以示虔敬——我正是这样来祈祷的,这时我衷心盼望这样或许能接触到那个更较上帝为高的不可言说的世界。

尽管使我心神激越的许多感情那么浓烈,尽管我与大地、阳光、天空、星斗与海洋的一番欷合那么亲切——这种感情动人心魄的深切是任你怎么来写也写不出来的。我正是凭着这些来祈祷的，仿佛它们竟是一些乐器，一些键盘，通过它们而把我灵魂中的乐调嘹亮奏出，它们增大了我歌声的音量。那光华耀目的伟大太阳，茁壮而亲切的大地，和暖的晴空与澄鲜的空气，以及对大海的思慕——这一切无可言喻的美简直给我带来一种至乐与狂喜，一种飘飘然的感觉……

夏天的时候我常到田野里去。背靠着橡树庞大的躯干，这时身后粗糙的树皮与地衣隐隐可觉；我便在往下面绿色田野（靠近山坡林木处几作橙黄色）俯视的同时，开始思索我要进一步追求的灵魂生活。或者，坐卧在翠绿的冷杉之下昂首张望，看到天顶处的颜色更加湛蓝；这里羊齿遍地，野鸽咕咕，林木动处，槐树上的茸茸新叶清晰可辨。不论在躯干修直饱满的榆木荫下，还是在山楂矮木与榛树之旁，我自己都充满着一种追逐灵魂的本性的深刻渴求；希望从这一切绿色事物和从阳光之中获致那种连它们自己也完全懵懂的内在意义——以便我自己也能盛满光泽，恍如阳光下的林木那样。甚至连过路时稍稍摸摸树上长满地衣的皱皮和触触伸向路边的一个枝梢，也都仿佛具有代我自身祈祷的效验。

漫长的夏日天气把草地晒得暖洋洋的。我总是偃卧在比较偏僻的角落，全身躺直，以接受大地的爱抚。这里丰草高高过身，婆娑的树影戏舞在我的面颊之上。我时而眯缝着眼望望天空，禁不住那晃眼的阳光。蜜蜂常常从我头上嗡嗡而过，有时也飞过一只蝴蝶，空中则是一片营营，翠绿的莺鸟在篱边歌唱，当我这样逐渐进入到夏日的炽烈的生活之后——一种在我的周围熊熊燃烧着的生活，这时每片草叶仿佛都是一把火炬——我终于对大地自远古以来的全部漫长生活开始有所体会，而这时太阳正把我照得暖暄暄的。在远哉迢迢的古昔，南国沙碛上的西索斯托里斯便已对他自己与太阳有所认识……我的灵魂渴望能汲取到那曾经流贯于过去时代的灵魂生活，正像阳光曾经不绝地倾注在大地之上那样。另外正如流沙能够吸收热量，同样我能获致那种灵魂的精力。虽然表面如梦一般，我却尽情地吮吸着生命的气息；我对草叶、野花、山楂与树上的绿叶并未忘怀。我似乎恰恰是通过它来生活，仿佛它们一个个尽是我吸吮汁液的孔道。这时蚱蜢正在鸣叫跳跃，绿莺在歌唱，画眉在欢快鸣啭，整个空中生意盎然。此时我也被深深地投进生命之中，并与那全部生命一道祈祷着。

（高健/译）

第二辑

野苹果

〔美国〕戴维·梭罗

苹果树的历史

苹果树的历史多么紧密地联系着人类的历史,这一点不同寻常。地质学家告诉我们,有人提出包括苹果在内的蔷薇科植物,还有真禾本科植物,以及纯形科植物或者薄荷,在地球上出现的时间只比人类的出现早一点。

看来,苹果成为了未知的原始人的一部分食物,最近,在瑞士的湖底发现了那些原始人的踪迹,被假定要早于罗马的建立,他们如此古老,以至于还没有金属工具。一种完全黑色并且皱缩的花红从他们的故事中被恢复。

塔西陀在谈到古代日耳曼人时声称,在他们赖以果腹的东西中间,他们满足于用野苹果来充饥。

尼布尔观察到:"对于房子、田野、犁铧、耕耘、果酒、油、牛奶、绵羊、苹果,以及其他联系到农业和更温和的生活方式的词语,在拉丁语和希腊语里面是一致的,而在拉丁语中，对于所有属于战争和追捕的物品的词语则完全不同于希腊语。"因而，苹果树可能正如橄榄一样，被认为是和平的象征。

苹果在早期就如此重要，也通常分布在各地，以至于在很多语言中追溯其名字的根源，通常都意味着果实。希腊语中的"瓜"，意味着苹果，也意味着其他树木的果实，还意味着牛羊，通常意味着财富。

苹果树受到了希伯来人、希腊人、罗马人和斯堪的纳维亚人的赞美。有些人认为人类的第一对夫妇——亚当和夏娃，即是受到这种果实的诱惑。寓言中，虚构了女神们争夺它，安排龙去守护它，雇佣英雄们去采摘它。

在《旧约》中，苹果树至少在三个地方被提到过，苹果则至少在五六个地方被提到。所罗门唱："正如苹果树位于林木之中，我所爱之人也位于子孙之中。"他又再度歌唱："用酒壶留住我，用苹果慰藉我。"人类最高贵的面部特征的最高贵的部分，就是以这种果实来命名的："眼睛的苹果"。

荷马和希罗多德都提到过苹果树。尤利西斯在阿尔喀诺俄斯的辉煌的花园中看见"梨子、石榴和苹果树正在结出美丽的果实"。根据荷马的说法，苹果是坦塔罗斯所无法采摘的果实之一——风始终把果实累累的枝条从他那里吹开。作为植物学家，提奥夫拉斯图斯了解并描述了苹果树。

据《新埃达》记载："伊敦把苹果放在盒子里——当众神感到老年临近的时候，就不得不为了再度变得年轻而品尝苹果。照这样，他们将被保持在恢复的青春之中，直到世界毁灭

（或者众神毁灭）。"

我从劳顿那里得知"古代的威尔士游吟诗人，因为歌唱苹果缀满枝头的象征表现优异而受到奖励"，以及"在苏格兰高地，苹果树是拉蒙特宗族的徽章"。

苹果树主要属于北温带。劳顿说："除了寒带地区，它自然地生长在欧洲的每一个地区，并且遍及西亚、中国和日本。"我们在北美也有两三个本土品种。种植苹果树最初是由最早的定居者引入这个国家的，并且被认为生长得跟其他任何地方一样好或者更好。或许，这些如今被种植的品种当中的一些，是由罗马人引入不列颠的。

老普林尼，采用了提奥夫拉斯图斯的区分法，说："关于这些树，有些完全是野生的，更多的则被驯化、种植。"提奥夫拉斯图斯包括了最后的苹果中的苹果，的确，在这种意义上苹果树是所有树木中最为驯化的。它就像鸽子一样无害，美丽得犹如玫瑰，贵重得犹如牛羊。它的种植历史比任何其他果树都要长久，因此也更为人性化，可是谁知道，它最终可能被追溯到它在荒野的起源？它随着人类而迁移，就像狗、马、牛。或许，它最初从希腊迁移到意大利，由此迁往英格兰，然后再迁往美利坚。我们西部的移民依然在衣兜里揣着苹果的种子，或许扛着一些用皮带捆扎的苹果树幼苗，稳定地朝着落日挺进。最终，这一年有一百万棵苹果树被种植下来，比去年种植的苹果树朝西部延伸得更远。就像安息日一样，仔细考虑开花季怎样就这样被一年一度遍布在大草原上，因为当人类迁徙的时候，他们不仅会随身携带着他们的鸟儿、四足动物、昆虫、蔬菜以及真正的草地,而且还会携带着他们的果园。

对于很多家畜,如牛、马、绵羊和山羊,树叶和嫩枝是惬意的食物,随后果实被这些家畜还有猪所寻找。因此,从一开始,在这些家畜和这种树之间似乎就存在着一种自然的联系。"法兰西森林中的花红果实"据说是"野猪的一种巨大的资源"。

不仅是印第安人,还有很多本土的昆虫、鸟儿和四足动物,欢迎苹果树来到这些海岸上。天幕毛虫把自己的卵产在那形成的第一根嫩枝上,这根嫩枝从此就分享了它对野樱桃的爱;尺蠖为了在它上面进食而部分地放弃了榆树。当苹果树快速生长,蓝鸫、知更鸟、樱桃鸟、王霸鹟还有其他很多鸟儿,就匆匆飞来筑巢,在它的粗枝间鸣啭,因此变成了果园鸟类,比以往任何时候都大为繁殖起来。这是它们种族历史上的一个时代。啄木鸟在它的树皮下发现了一点多么可口的食物,以至于它在离开树之前,要围绕着树以一个圆圈啄穿树皮——据我所知,这是它以前从未干过的事情。要不了多久,鹧鸪就发现了它的花蕾多么甘美,在每一个冬天的前夕都飞来,为了采摘花蕾,依然从树木飞走,这让农夫多么悲哀。兔子也丝毫不甘落后于它的嫩枝和树皮的熟悉味道。当果实成熟,松鼠就将它半滚动、半搬运到自己的洞穴里面;甚至当麝鼠在傍晚从溪流中爬上岸来的时候,也贪婪地吞食它,直到在那里的草丛中践踏出一条小径。当苹果树冻结和解冻的时候,乌鸦和樫鸟偶尔乐于品尝它。猫头鹰爬进第一棵变得中空的苹果树,愉快而清晰地鸣叫,发现这是适合自己的地方,因此就在树里面安顿下来，从那时起，它就逗留在那里了。

我的主题是"野苹果"，我只不过会在种植的苹果树的年轮中提到某些季节，并且传递给我特殊的领域。

苹果花也许是所有树中间最美的花，对于视觉和嗅觉，它是多么丰富，多么美味。散步者频频受到诱惑而转身，在某一棵超乎寻常的美丽苹果树旁流连不去，树上的花朵有三分之二都膨胀起来了。在这些方面，它多么领先于梨子——梨花既无色彩也无芳香！

到了七月中旬，绿色的苹果长得如此大了，好像是提醒我们去溺爱它，还提醒我们秋天来了。草地上通常点缀着小小的果实，它们好像是被流产后坠落下来的——大自然就这样为我们而把它们变得稀少。古罗马作家帕拉迪乌斯说："如果苹果倾向于提早坠落，那就把一块石头置于分裂的根里，那样会保留它们。"一些这样的观念依然存在，可能能解释我们看见某些石头被置于树木的分叉处，以使得簇叶丛生。在英格兰的萨福克，他们有一种说法：

在米迦勒节，或靠前一点，
半个苹果形成果核。

大约在八月一日，早生的苹果开始成熟，可是我认为它们的味道都不可口，其中一些闻起来也不芳醇。一个人更值得去嗅闻自己的手巾，而不是去嗅闻他们在店铺里面出售的任何香水。一些果实的芳香连同花朵的芳香，不应该被忘记。我在路上拾起某个多瘤的苹果,它用芳香提醒我果树女神的所有财富,把我带到那些日子里——果园中,苹果酒作坊周围,一堆堆苹果被收集起来,呈现出金色和红润的颜色。

一两周之后,当你路过果园或花园,尤其是在傍晚的时候,你就可以穿过一个被成熟的苹果的芳香弥漫的小小的地区,从而尽情欣赏它们。

因而,关于所有自然产品具有某种不稳定而又缥缈无形的品质,它们存在着,这种品质代表它们的最高价值,这种品质不能被庸俗化,也不能被买卖。人类从不曾享受过任何果实完美的滋味,只有庄严的人才开始品尝它那特别的美味。因为甘露和珍馐美味只是每一种果实的精美滋味,我们粗糙的味觉无法察觉——正如我们毫不了解就占领众神的天堂。当我看见一个特别吝啬的人运送美丽而芳香的苹果到市场上,我似乎就看见一场发生在他和他的马之间的竞赛,这是一方,另一方则是苹果,并且,根据我的意见,苹果总是获胜。老普林尼说苹果是所有物品里面最沉重的,还说公牛在一看见要负荷它们的时候就开始淌汗。我们的赶车人,在试图把它们运送到不属于它们的地方的那一刻,他就开始输了,那就是说,输给任何最美的东西。尽管他有时摆脱出来,触摸它们,认为它们都在那里,我也看见它们的一连串容易消散而又崇高的品质从他的大车上升向太空,同时,仅有那果肉、果皮和果核被运往市场。它们不是苹果了,而是果渣。这些依然不是青春女神伊敦的苹果,其味道让众神保持年轻?你认为它们会让洛基或特亚西带着它们离开,去往巨人之家,同时它们变得皱缩而灰白?不,对于世界毁灭，或众神的毁灭，还没有。

通常接近八月底或九月，这种果实再度变得稀少，那时地面上点缀着被风吹落的果子，这样的情况尤其会发生在雨后疾风出现的时候。在有些果园中，你能看见整个收成的三分之二都掉到了地面上，以圆形的形态躺在树下，然而又硬又绿——或者，如果是在山腰，落果就会远远地滚下山坡。可是，谁叫这是一场吹得任何人都不舒服的邪恶的风呢？在乡间各处，人们忙忙碌碌地拾捡这些被风吹落的果子，这些落果将让他们廉价地制作早期的苹果馅饼。

在十月，树叶飘零，苹果在树上更加清晰可见。有一年，在一个邻近的镇子上，我看见有些树结满了苹果——比我所想得起以前曾见过的还要多，黄色的小苹果挂在树上。枝条随着重负而优美地下垂，就像小檗丛一样，因此整棵树获得了一种新的特征。即使是最高的枝条，也不是挺立着，而是朝四面八方展开又低垂，有那么多杆子支撑着较低的枝条，以至于它们看起来就像是榕树的图画。正如一份古老的英国手稿所说的那样："树下的苹果越多，向人们鞠躬就越多。"

苹果当然是最高贵的果实。让最美者和最敏捷者拥有它吧。那应该是苹果"现行"的价格。

在十月十五日至二十日之间，我看见木桶放在树下。也许，我跟一个挑选某些精致的木桶，以便满足订单的人交谈。他在舍却一个有斑点的苹果之前，将它转动很多次。如果我要告诉他是什么在我的脑海中掠过的话，我就应该说，他所触摸过的每一个苹果都有斑点，因为他擦掉了所有的粉霜，那些短暂、缥缈的品质就离开了它。凉爽的傍晚提示农夫们要赶紧收工，最后，我只看见到处倚靠在树上的梯子。

如果我们带着更多的欢乐和谢意接受这些礼物，并且不认为仅仅把一担新鲜的肥料堆放在树的周围，那就会很好。某些古老的英格兰习俗至少具有启发性。我发现它们主要以布兰德的《大众古风》来予以描述。这似乎是"在圣诞节前夕，德文郡的农夫及其雇工拿来一大盆苹果酒，里面放上一块面包片，庄重地将其带到果园，他们用很多仪式向苹果树致敬，为的是让它们在下一个季节更好地结果。"这种致敬仪式存在于"把一些苹果酒洒在苹果树的根部周围，把一点点面包放在树枝上，"然后，"绕行果园中最为多产的苹果树之一，他们三次畅饮祝酒"：

> 在这里致敬你，老苹果树，
> 你可能从哪里发芽，你可能从哪里吹拂，
> 你可能从哪里结出够多的苹果！
> 盛满了帽子！盛满了帽子！
> 蒲式耳，蒲式耳，盛满了麻袋！
> 也盛满了我的衣兜，好哇！

并且，在新年除夕，那种被称为"苹果嚎叫"的仪式，曾经也常常在英格兰的乡间举行。一队男孩拜访不同的果园，围绕苹果树而行，重复说出以下的话：

> 根部，牢牢站稳！顶部，充分结果！
> 祈祷上帝给我们送来美好的嚎叫的丰收：
> 每一根嫩枝，苹果硕大；
> 每一次下垂，苹果够多！

"然后，他们异口同声地叫喊，其中一个男孩吹响牛角号来给他们伴奏。在这场仪式期间，他们用棍棒叩击树木"。这被称为对树木"干杯"，并且被有些人认为是"对果树女神进行异教的献祭的遗物"。

赫里克歌唱：

> 对树木干杯，祝愿它们会给你
> 结出很多李子和很多梨子：
> 它们从或多或少的果实中将带来
> 如你那样给予它们的干杯。

到现在为止，我们的诗人拥有一种歌唱苹果酒的权利，这种权利比歌唱葡萄酒更美好，可是，这种权利适宜他们去歌唱，比英格兰的菲利普斯歌唱得更好，否则，他们就不会为自己的缪斯争光了。

野苹果

　　对于更加文明化（正如老普林尼称之为"城市化"）的苹果树的话，就说这么多吧。无论在哪个季节，我都更喜欢穿过生长着未嫁接的苹果树的老果园而漫步——它们种植得多么不规则：有时候，两棵苹果树紧密地伫立在一起；那一排苹果树多么迂回曲折，以至于你会认为它们不仅在主人睡觉的时候生长了起来，而且以一种梦游的状态被移植到他的身边。一排嫁接过的苹果树，决不会诱惑我像这样到它们当中去漫步。唉，可是，现在我与其说是凭借所有最近的经验说话，还不如说是凭借记忆说话。

　　有些土壤，就像我附近这叫做伊斯特布鲁克斯县的多岩石地带，多么适合苹果生长，以至于在这种地带上无需照看它们，它们就会生长得很快，要不然，地面每年只需要翻土一次，而在很多地方，它们需要很多的照料。这种地带的主人承认，这种土壤用来种植果实极好，可是他们说土地上有很多岩石，以至于他们毫无耐心来耕种，他们还说，因为距离较远，也成为这样的地带未耕种的原因。最近有或者曾经有毫无秩序地伫立的广阔的果园。而且，它们疯狂地涌现出来，在松树、桦树、枫树和橡树中间硕果累累。我常常惊讶地看见在这些树木中间，苹果树那圆形的顶冠闪烁着红色或者黄色的果实，与森林的秋色和谐一致。

　　大约在十一月一日，我在一道悬崖边上行走的时候，看见一棵茁壮成长的年轻苹果树，它可能是鸟儿或牛播种到那里的，在那里的岩石和开阔的树林中间迅速成长，现在结出了很多果实，且未被霜降冻坏，而此时，所有人工种植的苹果都采收了。那是一种繁茂的野性生长，树上依然有很多绿叶，给人一种长满了刺的印象。那果实又硬又绿，可是看起来它似乎会在冬天更美味可口。一些果实在嫩枝上悬晃，而更多的果实却被半掩在树下湿漉漉的树叶中，或者在岩石中间远远地滚落到山丘下面。主人对此一无所知。除了山雀，它最初开花的日子和最初结果的日子都不曾被观察到。在它下面的绿地上，没有舞蹈来对它表示敬意，如今也没有手伸出去采摘它的果实——我感觉，那些果实仅仅被松鼠啃啮。它完成了双重任务——不仅生产出这种收成，而且每一根嫩枝都往空中生长了几十厘米。我们必须承认，这是如此美妙的果实啊！比起很多浆果来，它们都要大一些，被带回家，来年春天依然美味可口。只要我能获得这些苹果，我对伊敦的那些青春苹果又有何求呢？

当我这样辛苦地缓缓路过这一丛灌木，看见它那悬晃的果实，即使我不吃这些果实，我也同样尊重这棵树，我也感谢大自然慷慨的馈赠。一棵苹果树生长在这高低不平、长满树木的山坡上，并不是被人种植的，也没有从前的果园的遗存，只有自然生长，就像松树和橡树一样。我们珍视和食用的大多数果实，完全依赖于我们的照料，玉米、谷粒、马铃薯、桃子、瓜类等，完全依赖于我们的种植，可是苹果却效仿人类的独立性和事业心。正如我说过的那样，它不仅仅被携带，而且还在某种程度上像人一样，迁徙到了这个新世界，甚至到处在土著的树木中间前进，有时候就像牛、狗和马一样放肆，并且维持自己。

即使是生长在最不利的位置上的最酸、最难辨的苹果，也暗示出这样的想法，这是一种多么高贵的果实。

花　红

然而，我们的野苹果恐怕只是像我自己那样有野性，不属于这里的土著种族，却从被教化的群体中迷失进入树林。正如我说过的那样，更为野性，在这个国家里，到处都生长着一种本地土著的花红树，"其本性尚未被培植所改良"。从纽约州西部到明尼苏达州以及向南，都能找到这种苹果树。米肖称它的通常高度约为四点五到五点五米，可是，有时候人们发现它们高达七点五到九米，米肖还称大的花红树"正好就像普通苹果树"。"花朵为白色，混合着玫瑰色，收集成伞状花序。"它们因为美味的气息而不同寻常。按照米肖的说法，这种果实的直径大约有三点八厘米，味道很酸。然而它们可以制作成精美的蜜饯，还可酿制成苹果酒。米肖推论："如果被人工种植，它就不产生美味可口的新品种，它至少会因为它的花朵之美和它的芳香之惬意，而受到人们的赞扬。"

直到一八六一年五月，我才看见了花红树。我通过米肖听说过它，可是就我所知，更为现代的植物学家一点也没有采取重视的态度来对待它。因此对于我来说，它就是一种半虚构的树。我预期到"林间空地"——宾夕法尼亚州的一部分去朝圣,据说那里完美地生长着花红树。我想把它送到一处苗圃,可是怀疑他们是否有苗圃,或者是否会把它从欧洲品种中区分出来。终于,我有了去明尼苏达州的机会,一进入密歇根州,我就开始从车里注意到了一棵开满英俊的玫瑰色花朵的树。起初我认为那是某种荆棘树,可是不久我就发现:这就是我久久寻觅的花红树。在一年中的那个季节——大约在五月中旬,它是从车上看到的普遍开花的灌木或乔木。可是我乘坐的车子从不曾在一棵花红树前停下来,因此我还不曾触摸到一棵就被投放到密西西比河的胸怀上,体验着坦塔罗斯的命运。一到达圣安东尼瀑布,我很遗憾地被告知我离花红树太靠北了。尽管如此,我还是在瀑布以西近十三公里处成功地找到了它,触摸它、嗅闻它,把一个迟迟不去的伞状花序保留到我的植物标本集中。这肯定接近了花红树的北方界限。

野苹果怎样生长

可是,尽管这些树就像印第安人一样是土著,我也怀疑它们是否比苹果树中那些犹如边远地区的居民的树种更加吃苦耐劳,那些犹如边远地区的居民的树种,尽管是从培植的种族传下来的,却把自己种植在遥远的土地上和森林中,那里的土壤对它们有利。我不了解哪些树要对付更多的困难,哪些树更坚强地抵抗危害。这些是我们不得不讲述其故事的树,时常读起来是这样的:

接近五月的开始，我们注意到小小的苹果树密丛在牛群游荡的牧草场上茁发出来——就像伊斯特布鲁克斯县或者萨德伯里的诺布斯科特山冈顶上的那些布满岩石的狭长地带。一两蓬小小的苹果树密丛，也许幸存于干旱或者其他意外事故——它们那真实的出生地保护它们，使其最初免遭逐步蚕食而来的草丛的危害和某些其他危险。

> 在两年的时间里，它
> 就这样长到了岩石的层面，
> 赞美这延伸的世界，
> 也不害怕这漫游的羊群。
> 可是，在这最弱的幼年
> 它的苦难开始：
> 那里来了一头吃草的公牛
> 在一定范围内把它啃倒。

也许，这一次那公牛并没有注意到草丛中的它，可是在来年，当它长得更为结实的时候，公牛就辨认出它是来自老世界的移民同伴，公牛熟悉它的叶片和嫩枝的味道，尽管起初它停顿下来欢迎它，表达自己的惊讶，获得回答："把你带到这里的同一个原因，也把我带到了这里。"然而公牛再次啃吃它，也许在沉思自己对它有某个名称。

它就这样一年一度被啃倒，却并没绝望，在每一根嫩枝被啃倒之处又茁发出两根短短的嫩枝，在洼地里或岩石之间沿着低矮的地面铺展开来,成长得更加结实、茂盛,直到它成型,还不是一棵树,却是一个小小的金字塔形的僵直的嫩枝群,几乎如同岩石一样坚固而又难以渗透。这是我所见过的某些最浓密也最难以渗透的矮树丛,而且,这些野苹果丛还由于它们的枝条紧密和倔强,而跟它们的刺藜一样。它们更像是矮小茂盛的枞树和黑云杉,你站在那上面,有时散步,在山顶上——在那里,较之其他一切,寒冷是它们要对付的魔鬼。难怪它们最终得到提示要长出刺藜,以便保卫自己,让自己免遭这样的危险。然而,在它们长满的刺藜之中,却没有恶意,只有苹果酸。

我提到过的那狭长地带上布满岩石的牧草场——因为它们最好把自己的场所维持在布满岩石的土地上——密集地点缀着这些小小的丛生植物,经常对你提醒某些刚硬的灰白苔藓或地衣,你看见成千上万的小树刚刚在它们之间茁发而出,上面还附带着种子。

牛群犹如用大剪刀修剪树篱,每一年从周围有规律地对它们进行修剪,因此它们常常呈现出一个圆锥形或金字塔形,约零点三五到一点二二米高,或多或少有些锋利,仿佛被用园丁的技艺修剪过一般。在诺布斯科特山冈及其山嘴的牧草场上,当太阳低垂的时候,它们投下精美的黑影。同时,它们还成了很多在它们上面栖息和筑巢的小鸟躲避鹰隼的隐身处。夜里,整个鸟群栖息在它们上面,我在一棵直径约一点八米的树上,就见过三个知更鸟的巢穴。

如果你从它们最初被种植的日子算起,这些树当中的很多无疑已经是老树了,但是,当你考虑它们的发展和它们之前的漫长生活的时候,它们依然是婴儿。我计算了一些仅有三十厘米高的树的年轮,宽度与高度一致,发现它们已有十二岁了,却相当健康而兴旺!它们如此低矮,以至于几乎未被散步者注意到,而它们的很多来自苗圃的同伴已经结出了相当可观的果实。可是,在这个例子中,你及时获得的东西,也许是失去了力量——即处于树的活力之中,那就是它们的金字塔形状。

牛群就这样继续啃吃它们二十年或者更久,压制它们,迫使它们铺展,直到它们终于铺展得如此宽阔,以至于它们变成了自己的围栏,那时,它们的敌人再也无法触及的某一根内部的嫩枝,欢乐地向土突进:因为它不曾忘记来自上面的呼唤,并且胜利地结出了自己奇特的果实。

这就是它最终用来击败它的牛类敌人的策略。现在,如果你观察过一丛特别的灌木的生长进程,你就会看见它不再只是金字塔形或者圆锥形,而是从它的定点上升起一两根小枝,恐怕比果园中的树还要精力充沛地生长,因为这棵植物现在把它所有被抑制的活力都奉献给这些垂直挺立的大部分肢体。在很短时间内,这些肢体就变成一棵小树,停留在顶点上的倒转的金字塔,以至于整个树体如今呈现出一个巨大的沙漏形态。展开的底部,在达到了它的目的之后,最终就消失了,这慷慨大方的树允许那如今无害的牛群进来,伫立在它的阴影中,在它的躯干上摩擦,并将其擦得通红,而树却不管这些牛群,即使它们品尝自己的一部分果实,因此种子就被播撒出去。

牛群就这样创造自己的庇荫处,获得了食物;而树,它的沙漏形状就被倒转过来,可以说是度过第二次生命。

如今，对于有些人，这是一个重要的问题：你是应该把年轻的苹果树修剪到高及你的鼻子，还是高及你的眼睛？公牛把苹果树修剪到高及自己能触及之处，我想那大约就是正确的高度。

顾漫游的牛群和其他不利的环境，那一丛被轻视的灌木，仅仅被小鸟作为躲避鹰隼的隐身处和庇护所来重视，终于有了自己的花期，随着时间的推移，还有了自己纯粹的收获，尽管收获量很小。

到了某个十月底，当它的叶片飘落了，我就频频看见这样一根中央的小枝——我观察过它的生长进程，当时我还认为它就像我一样忘记了自己的命运，产生了它小小的收获：绿色、黄色或玫瑰色的小果实。牛群无法通过那围绕它的浓密而多刺的障碍物去获得那些果实，我赶紧去品尝这不曾被描述过的新品种。我们都听说过范蒙斯和奈特创造发明的无数品种。这是牛的系统，它创造发明的难忘的品种，远比范蒙斯和奈特所创造发明的要多。

通过何等的艰难困苦，它可能最终成功地结出芳香的果实！尽管略微有点小，如果不出众，它也可能证明了其味道比得上那些生长在花园中的树所结出的果实——因为它所对付过的真正的困难，恐怕它完全会更为芳香、更为可口。谁知道这种偶然的野果，被一头牛或者一只鸟种植在某个偏远而岩石嶙峋的山坡上，那里尚未被人观察到，它可能会成为自己的同类中最为精华的部分，外国统治者将会听说它，皇家学会寻求繁殖传播它，尽管那也许真正执拗的土地主人可能永远不被听说——至少，在他的村庄的界限之外？波特苹果和鲍德温苹果就这样生长。

每一丛野苹果灌木都这样刺激着我们的期待，有点像每一个野性的孩子。也许它是一个化了装的王子。对于人类，这是多么生动的一课啊！人类也是如此，被参照了最高标准，那他们建议和热望去结出的神圣果实，被命运啃吃，只有最为持久稳固和最强劲的天才果树，才能保卫自己，并且占据优势而盛行起来，最终向上茁发出一根脆弱的幼芽，把它完美的果实坠落到那并不领情的大地上。诗人、哲学家和政治家，就这样在国家的牧草场上茁壮成长，比很多毫无创造性的人活得还要长久。

这样就始终是对知识的追求。那神圣的果实，生长在金苹果园中的金苹果，永远被一条从不睡觉的百头之龙所守护，因此要采摘它们，是一场艰巨的劳动。

这是一种最不平凡的方式，野苹果因此而得到繁殖、传播，可是一般来说，它在树林和沼泽中、在路边间隔很宽的距离上茁发而出，相当迅速地成长，因为那些地方的土壤可能适合它。那些生长在密林中的树很高而又纤细，我从这些树上频频采摘一种味道完全温和而又被驯服的果实。正如帕拉迪乌斯所说："地面上点缀着一棵自发的苹果树的果实。"

一个古老的概念就是，如果这些野生的树不结出自己有价值的果实，那么它们就是最好的种群——用它们来给子孙后代传输其他的获得最高评价的品质。然而，我不是寻求种群，而是野生果实本身，它那猛烈的迸发并不曾遭受"软化"。那不是我的——

　　去种植

　　香柠檬的最高的土地。

野苹果及其滋味

　　野苹果成熟的时间在十月底和十一月初。那时，它们开始变得美味、可口，因为它们成熟得晚，也许它们依然美丽，比以往任何时候都要美丽。我大量记述这些果实，农夫们并不认为它们值得采集——缪斯的野性的滋味，活泼而令人鼓舞。农夫认为他在自己的木桶里有更好的果实，可是他错了，除非他有散步者的食欲和想象力，否则他就无法拥有这两者。

　　它们就这样变得相当野性，并且被遗弃到十一月初，我认为主人并不打算采集。它们属于野性得犹如它们自己的孩子们，属于有些我所认识的活跃的男孩，属于田野的怒目而视的女人，属于那一切事情都不称心的人，他在全世界之后去捡拾——此外，还属于我们这些散步者。我们跟它们相遇，它们是我们的。这些权利，坚持得足够长久，在有些古老的国度达成了一种习俗，在那些国度，它们学会了怎样生活。我听说"贪婪的习俗，可以被称为'捡拾苹果'，现在或者以前曾经在赫里福郡到实践。在全面采集之后在每棵树上留下几个苹果给男孩们，它们被称为'贪婪果'，那些男孩则拿着爬竿和袋子去收集它们"。

至于那些我说到的苹果,我把它们当作野果来采摘,在大地的这个地区是土生土长的——自从我还是孩子的时候就奄奄一息,却还没有死去的老树的果实,只有啄木鸟和松鼠频频光顾,如今被主人遗弃了,那主人在它们的粗枝下面没有足够的信心去观看。从树梢的外观,在一段距离开外,你只会期待地衣从上面落下来,可是,你的信心获得了报偿——发现地面点缀着精神饱满的果实,也许其中的一些被收集到松鼠洞穴,上面还有松鼠搬运时留下的齿印;另一些容纳着一两只在里面默默进食的蟋蟀;还有一些,尤其是在潮湿的日子,则容纳着一只无壳的蜗牛。存放在树梢的那些真实的棍棒和石头,让你相信这种在过去的岁月里被如此热切地寻求的果实的滋味。

我在《美国的果实和果树》中,并没有看见对这些果实的记述,尽管相比那些嫁接过的果实,它们对于我的味觉更值得纪念,更保持原味和它们所拥有的野性的美国滋味,在十月和十一月,在十二月和一月,也许甚至还在二月和三月,稍微让它们缓和下来。我邻近的一个老农夫,他总是选择正确的词语说:"它们有一种浓郁的弓箭气味。"

用于嫁接的苹果似乎一般都经过了挑选,它们没有那么多生机勃勃的风味,就它们的温和,它们的大小以及结果的品质而言,就它们的健康和美丽而言,它们没有那么多的美。确实,我对果树栽培学的绅士们所选择的名单毫无信心。他们的"最爱"和"极品"以及"绝品",在我让它们结出果实的时候,一般都非常乏味,容易被忘记。人们往往带着相对较小的兴趣来吃它们，它们自身没有真正浓郁的风味和滋味。

如果这些野苹果树当中的一些味道辛辣、外表起皱、饱含真正的酸果汁，它们依然不属于梨亚科，对我们的种族一律都单纯而友善？我依然舍不得把它们给予苹果酒酿造厂。也许它们尚未完全成熟。

难怪这些色彩鲜明的小苹果被认为可酿制最好的苹果酒。劳顿从《赫里福郡报道》中引用说："如果质量相等，相比大尺寸的苹果，小尺寸的苹果总是更受人偏爱，为了果皮、果核可能产生出最大比例的果肉，它提供最弱和最多的水汁。"他还说："为了证明这一点，赫里福的西蒙兹博士大约在一八〇〇年的时候，就完全用苹果果皮和果核来酿制出了一大桶苹果酒，又只用果肉酿制出了另一大桶，但人们发现前者具有非凡的浓度和风味，而后者却味甜、平淡。"

伊夫林声称，在他那个时代，那种"红板"的苹果是人们最喜欢用来酿制苹果酒的苹果，他引用纽伯格博士的话说："正如我所听说的那样，在泽西，这是一种普遍的观察——任何苹果在果皮中拥有的红色越多，就越是适合于酿酒用途。表面浅色的苹果，差不多都从酿制苹果酒所用的大桶里面捡出来。"这种观点依然盛行。

在十一月，所有的苹果都良好。那些农夫因为滞销而遗漏的苹果，还有对于那些频繁光顾市场的人来说不好吃的苹果，对于散步者却是最上等的果实。然而，不同寻常的是，我赞美的野苹果，在田野上或者树林中吃它们的时候，它们多么精神饱满而又保持原味，而把它们带进房子，就不断产生一种粗糙而酸涩的味道。那种"漫步者的苹果"，就连漫步者也不能在房子里面吃。味觉在那里拒绝它，就像它拒绝山楂和橡实一样，并且它需要一种驯服的味道，因为在屋里，你错过十一月的空气，而空气是吃苹果时的调味料。因此，当看见拉长的阴影的提提鲁斯邀请梅利波乌斯到家里跟他一起过夜的时候，提提鲁斯许诺把味道温和的苹果和软栗子给梅利波乌斯。我频频采摘野苹果，其味道如此浓烈、芳香，以至于我怀疑所有的果园主都没从那棵树上得到一根幼芽，我成功地让衣兜装满了苹果带回家。可是，恐怕我从书桌中拿出一个，在房间里品尝的时候，我发现它粗糙得让人出乎意料——足以让松鼠酸掉牙，让樫鸟尖叫。

这些苹果挂在风霜和雨中，直到它们吸收了天气或季节的品质，因而被高度调味，它们用自己的精神来刺穿、刺痛和渗透我们。于是，它们必须被及时吃掉——即在户外吃。

为了感激这些十月的果实那野性而刺激味觉的风味，你很有必要去呼吸十月或十一月敏锐的空气。散步者获得的户外空气和锻炼，把一种不同的音调赋予他的腭，他渴望一种久坐者会称为"为粗糙而酸涩"的果实。它们必须在田野上被吃掉，那时你的身体闪烁着光芒，那时结霜的天气刺痛你的手指，风吹得光秃的粗枝嘎嘎作响，或者吹得几片存留的树叶沙沙作响，听见樫鸟在周围尖叫。那种房子里面酸涩的东西，一场令人鼓舞的散步就会使之甜蜜。这些苹果当中的一些，可以贴上这样的标签："应该在风中吃。"

当然，风味并没被扔掉，它们打算让味觉各取所需。有些苹果具有两种截然不同的味道，也许它们当中的一半肯定是要在房子里面吃的，而另一半则是要在户外吃的。一七八二年彼得·惠特尼从诺思博罗为《波士顿学院学报》所写的一种苹果，描述那个镇子里的一棵苹果树"结出相反品质的果实，同样的苹果，一部分经常很酸，而另一部分很甜"。还有一些全部酸，其他的则全部甜的，这棵树的各个部分都有这种差异性。

在我的镇子里的瑙肖图克山上，有一种野苹果，它对于我而言是一种特别愉快的浓郁的苦味，直到品尝了四分之三才会感觉到。它留在舌头上。当你吃它，它散发出来的气味正如南瓜虫。去吃和品味它都是一种喜悦。

我听说普罗旺斯的一种李树的果实被称为"Prunes sibarelles，因为吃了它们之后，不可能从它们的酸涩味中吹出口哨来"。可是，也许它们仅仅是在房子里和在夏天吃的，如果在户外和刺骨的空气中品尝的话，谁知道你能吹出更高、更清晰的八度音阶的口哨呢？

在田野上，唯有大自然的酸味和苦味受到欣赏，正如在冬日的正午，伐木者在阳光充足的林间空地上满意地用餐，在那里的照耀的光线中晒太阳，在一定程度的寒意中梦想夏天，那种在室内体验过的寒意，会使一个学生悲惨。那些在海外工作的人并不冷，然而更确切地说，是他们坐在房子里颤抖。就像有温度就有滋味，就像有寒暑就有酸甜。这种天然的风味，败坏了的腭所拒绝的酸与苦，是真正的调味品。

让你的调味品适应你的感官。要欣赏这些野苹果的风味，需要精力旺盛而健康的感官，味蕾稳固而直立在舌头和腭上，不易被抚平和驯服。

  从我对野苹果的经验中，我能明白也许有这样的理由：野蛮人偏爱的很多种食物，恰恰是文明人所拒绝的。前者拥有户外者的味觉。要欣赏一种野果，需要一种野蛮或者野性的味觉。

  那么，要品尝生命的苹果，世界的苹果，需要一种多么健康的户外食欲啊！

> 我并不希望每一只苹果，
> 也不希望那最满足每种味觉的苹果；
> 我需要的不是持久的德珊苹果，
> 我请求的也不是红颊的绿皮苹果，
> 也不是那最初诅咒妻子的名字的苹果，
> 也不是其美丽引发金色冲突的苹果：
> 不，不是！从生命之树上给我带来一只苹果。

  因此对于田野有一个想法，对于房子有另一个想法。我会拥有自己的想法，就像拥有成为散步者的食物的野苹果，如果在房子里面品尝它们，那么就不会保证它们美味可口。

野苹果之美

  几乎所有的野苹果都美观、堂皇。它们看起来不可能多瘤、酸涩、锈迹斑斑。最为多瘤的野苹果，即使对于目光也有一些弥补的显著特征。你会发现，某些傍晚的红色溅洒在某些瘤节上或者某些空穴里面。罕见的是，夏天没有在一只苹果的球体的某些部位打上条纹和斑点，就释放一只苹果。它将拥有某些红色斑点，纪念它所目击的那些晨昏；某些锈一般的暗色斑点，纪念那些在它上面掠过的云朵和雾霭朦胧、发霉的日子；一片反映大自然概略的面庞的辽阔的绿色田野——翠绿得犹如田野或者黄色地面，暗示着一种更温和的味道——黄得犹如收获，或者赤褐得犹如山冈。

  我是指这些美得无法形容的苹果——并非不和谐，而是和谐的苹果！然而并不那么罕见，然而最简朴的苹果可以分享。被霜涂绘，有些苹果有统一的清晰的亮黄色，或者红色，或者深红色，仿佛它们的球体曾经有规律地旋转，并且喜爱太阳从四面八方以相同的方式给予的影响；有些苹果带着可以想象的最微弱的粉色之光；有些苹果像牛一样带着深红色的斑纹，或者带着数百条精美的血红色光线，从茎窝里有规律地延伸到底部，就像子午线一般，在淡黄色的地面上；有些苹果呈现出绿色的锈迹，在各处都像精致的地衣，具有深红色的斑点和或多或少地融合的眼睛，打湿的时候变得火红；其他苹果布满瘤节或者斑点，或者在白色地面上于茎干侧边密布着精美的深红色斑点，仿佛是从那涂绘秋叶的上帝的画笔上意外地洒出来的。还有其他苹果，有时候内部是红色的，被灌注了一种美丽的红色，仙女的食物，美得无法吃掉——金苹果园中的苹果，傍晚天空的苹果！可是犹如海岸上的贝壳和鹅卵石，它们肯定是在秋天的空气中，在林中的某个小溪谷里的枯叶中闪耀，要不然就是在它们躺着的湿漉漉的草丛中被看见的,而不是在房子中枯萎和褪色之际被看见的。

给野苹果命名

上百种野苹果品在苹果酒酿制厂堆积起来,为它们找到合适的名称,将是一种令人愉快的娱乐。这对于一个人的发明并不会成为负担——没有哪种野苹果要以一个人来命名,都用通用语来命名。谁会在野苹果的洗礼命名仪式上像教父一样伫立呢?如果使用拉丁语和希腊语,并让通用语成为旗帜,那么它们就会被耗尽。我们不得不召集日出、日落、彩虹、秋林、野花、啄木鸟、紫朱雀、松鼠、樫鸟、蝴蝶、十月的旅人和逃学的男孩,来帮助我们。

一八三六年,伦敦园艺学会的花园里,有了超过一千四百种截然不同的种类。可是这里有他们在其目录上所没有的种类,还不提我们的花红经过培植可能产生的品种。就让我们来列举这些品种当中的一些吧。毕竟,我发现自己为了那些生活在不讲英语的地方的人的利益,而被迫去给某些品种赋予拉丁学名——因为它们可能享有世界性声誉。

首先,有木苹果;蓝鸫苹果;生长在溪谷和树林中的苹果;还有生长在牧草场洼地的苹果;生长在老地窖洞里的苹果;草地苹果;鹧鸪苹果;逃学者苹果,无论它会多晚才成熟,男孩走过的时候也总会敲掉一些下来;漫步者的苹果——

在你能找到通往那种苹果的道路之前，你肯定会迷失自己；空气之美苹果；十二月吃的苹果；封冻——解冻苹果，只在那种状态下才良好；和谐苹果，很可能跟穆斯凯达苹果相同；阿萨贝特苹果；斑纹苹果；新英格兰葡萄酒苹果；赤栗鼠苹果；青苹果——这种苹果有很多同义词，在不完美的状态下，它是带来霍乱和痢疾的苹果，小男孩最喜欢的果实——阿塔兰忒停下来去捡拾的苹果；树篱苹果；蛞蝓苹果；铁路苹果，也许源于从车上扔下的果核；我们在青春时代就品尝其果实的苹果；我们的特殊苹果，在任何目录上都找不到——流浪者的慰藉；还有那被遗忘的长柄镰刀悬挂之处的苹果；青春女神伊敦的苹果；洛基在树林中找到的苹果；还有我的名单上所拥有的很多很多苹果，过于众多而无法提到——它们都很好。正如波达乌斯所感叹的那样，他提到培植的种类，让维吉尔适合他的案例，因此我让波达乌斯适应——

"如果我没有一千个舌头，一千张嘴，一个铁的声音，我就能描述所有的形态计算这些野苹果的所有名字。"

最后捡拾野苹果

到了十一月中旬，野苹果便失去了它们的一些光辉，绝大部分都坠落了，很大一部分都在地面上腐烂。如今，那些健全的野苹果也比以前更加美味可口了。如今，当你漫游在老树中间，当秋天的蒲公英半闭，眼泪汪汪，山雀的音符就更为清晰地响起。可是,在苹果被假设在户外消失了很久以后,如果你是技巧娴熟的捡拾者,你就依然可以获得装满衣兜的野苹果,甚至还有嫁接过的果实。我知道有一棵蓝色红苹果树,生长在一片沼泽的边缘之内,几乎美好得如同野生的一样。你不会假设,第一次调查时有任何果实留在那里,可是你必须按照分类来寻找。现在,那些无遮地躺着的苹果已呈现出相当的褐色,而且腐烂了,偶尔还有几个苹果在湿淋淋的叶片中间,到处露出盛开的面颊。尽管如此,我用经验丰富的目光在光秃的桤木、越橘丛、枯萎的莎草和塞满叶片的岩缝中探索,在正在腐烂而倒下的蕨下面探查,那下面有苹果和桤木叶,密密麻麻地撒满地面,因为我知道它们躺得很隐秘,很久以前就掉进凹地了,被苹果树自身的叶片遮盖住了——一种适当的包装。在这些潜伏地,在苹果树圆周内的任何地方,我取出这完全湿透而又具有光泽的果实,也许它们已被兔子轻轻啃过,被蟋蟀挖空,也许有一两片树叶粘在它上面(犹如旅行家柯曾所描述的那样,像一篇来自修道院那发霉的地下室的古老手稿),可是,它上面依然还有一种浓重的果霜,刚刚有些成熟,保存完好,如果比不上保存在大桶中的苹果好,那么就比它们更脆、更活跃。如果在这些资源中找不到苹果,那么我就学会了在那密密麻麻长出某些水平枝条的吸根底部之间去寻找,不时有一个苹果留在那里,或者留在一片赤杨丛的正中,那里被树叶覆盖着,可以避开那可能会把它们嗅出来的牛。如果我渴望,我就会装满两边的衣兜。我在结霜的傍晚重溯我的脚步,当时我大约离家七八公里的样子,我起初吃掉一个装在这边衣兜的苹果，然后吃掉那边的一个苹果，以此来保持身体的平衡。

我向托普塞尔的格斯纳学习，其权威人士似乎是阿尔伯图斯，接下来就是刺猬收集苹果以及把苹果搬回家的方式。他说："它的肉是大地上的苹果或葡萄，它让自己在苹果上面滚动，直到它的刺上都刺满了苹果，然后把它们搬回到它那位于洞穴中的家里，而从不用嘴巴去衔着它们。如果其中偶然有一个苹果掉在路边，它就同样抖落掉所有其余的苹果，又重新打滚去刺上它们，直到苹果都再度被刺在它的背上。因此，它发出一种类似大车车轮的噪音。如果它的巢穴里面有幼崽，幼崽们就扯掉它所负荷的东西，由此吃掉它们喜欢的苹果，并为将来的时间而贮存其余的苹果。"

"封冻——解冻"的野苹果

接近十一月底，尽管一些健全的野苹果更加醇香，也许还更具可食性，但它们就像落叶一样，普遍都失去了它们的美，并且开始冻结，伸出手指触摸它们都很冰冷。谨慎的农夫们把手插入装满苹果的木桶，把苹果和他们酿制的苹果酒带给你，因为这是把苹果放进地窖的时候。也许，地面上有几个苹果在早来的雪上露出它们的红面颊，整个冬天，偶尔有些苹果将它们的色彩和健全保存在积雪下面。可是总的来说，在冬天开始的时候，尽管它们没有腐烂，却冻硬了，很快就呈现出烤苹果的颜色来。

在十二月底之前，它们总体上经历它们最初的解冻。那些在一个月之前对于文明化的味觉还酸涩难吃的苹果，至少例如像那些健全而被冻结者，让一轮温暖的太阳照射下来给它们解冻，因为它们对阳光特别敏感。人们发现它们充满了一种丰富的、甜美的苹果酒，比我熟悉的任何瓶装的苹果酒还要好，相比葡萄酒，我对这种苹果酒更熟悉。在这种状态下，所有的苹果都很好，你的咽喉被苹果酒挤压。其他的苹果拥有更多物质，成为一种惬意而甘美的食物——在我看来，比从西印度群岛进口而来的那些菠萝更有价值。那些我近来品尝的，甚至没想到会为之后悔的苹果——因为我是半开化的人——农夫愿意把它们留在树上，我现在愉快地发现拥有那就像年轻的橡树叶片一样坚持的财产。这是一种不用加沸就让苹果酒保持甜美的方法。让霜降首先前来冻结它们，坚固如石，然后让雨水或者一个温暖的冬日来给它们解冻，它们将似乎是通过它们所悬挂在其中的空气这种媒介物，而从天堂借来了一种风味。要不然，当你回家，恐怕你就发现，那些在你的衣兜里面嘎嘎作响的苹果解冻了，冰变成了苹果酒。可是，在第三次或第四次封冻和解冻之后，人们会发现它们不那么美好了。

对于被这寒冷的北方的寒冷所催熟的这种果实，热带的南方的半成熟的果实是什么呢？这些果实是我用来欺骗我的同伴的花红苹果，我保持一本正经，因此我可能诱惑他去吃这种果实。现在，我们俩都把它们贪婪地塞满我们的衣兜——弯腰从杯中畅饮，把我们的垂饰拯救于满溢的果汁中——随着它们的果酒而变得更具社交性。有一个悬挂得如此高，被纠缠的枝条遮蔽，以至于我们的棍棒无法将它捅下来的苹果吗？

这是从来不被运往我所了解的市场上的果实——跟市场上的苹果截然不同就像跟干枯的苹果和苹果酒截然不同一样——并不是每个冬天都把它完美地生产出来。

"听听吧，老人们，聆听吧，这片土地上的所有居民！这在你们的时代，或甚至在你们的祖辈的时代……"

"蝗虫吃掉了麦蛾留下的东西；尺蠖吃掉了蝗虫留下的东西；毛虫吃掉了尺蠖留下的东西。"

"醒来吧，醉汉们，哭泣吧！嚎叫吧，所有葡萄酒的饮者，因为新的葡萄酒！因为它断绝于你们的嘴巴。"

"因为在我的土地上，一个民族出现，强劲，数不胜数，他的牙齿是狮子的牙齿，他拥有伟大的狮子的白齿。"

"他损毁我的葡萄藤，剥掉我的无花果的皮；他把它剥夺得精光，还把它扔掉；因此枝条被变成白色……"

"羞耻吧，哦，男人们！嚎叫吧，哦，葡萄园丁！"

"葡萄藤干枯，无花果树凋萎；石榴树，还有棕榈树，还有苹果树，甚至田野上所有的树，都枯萎了：因为欢乐渐渐从人类心中凋零。"

（董继平/译）

杉树果

〔美国〕沃尔特·惠特曼

今天在我乘轻型马车穿过乡野旅行了十里或十二里的时候,没有什么比它们以其平凡的美和新奇更让我高兴的了,我从来没有机会见识这样的小东西,或许是以前没有注意到它们。这些独特的小果实悬垂着浓密的一英寸长的黄色丝绒或纱线,无拘无束地点缀着深绿色的杉树丛——与青铜色的树干适成对比——毛茸茸的细线把树瘤子全部盖住,像一绺绺不驯的头发披覆在幼儿的前额上。后来,我去溪边散步时摘了一颗,保存下来。然而,这些杉树果仅仅能保存一小段时间,不久就散碎而枯萎了。

(马永波/译)

毛蕊花和毛蕊花

〔美国〕沃尔特·惠特曼

硕大、安静的毛蕊花、随着夏天的推进,丝绒一般光滑柔软,带点浅绿的枯黄色,在田野里到处生长——是大地上最早的丛生植物,它们宽阔的叶子低垂,每棵有八片、十片或二十片叶子在小路尽头,在二十亩休耕地上繁茂生长,尤其是在篱笆的两侧——起初贴着地面,但不久便迅速生长起来——叶子和我的手掌一样宽,更低处的叶子有手掌两倍长——在早晨中如此清新,沾满露水——茎秆现在有四五英尺,甚至七八英尺高了。我发现,农夫认为毛蕊花是没有价值的杂草,但是我却逐渐喜欢上了它。每样事物都有自己的学问,包含有其余一切事物的暗示——最近我有时认为,这些坚硬的黄色杂草中汇集了为我所准备的一切。当我清晨来到小路上,我在它们柔软的羊毛般的花、茎和阔叶前停步,它们闪耀着数不清的宝石。到现在,它们已经开了三个夏天了,它们和我一起沉默地返回;在这样漫长的间歇,我在它们中间或站或坐,沉思着如此多的时辰和部分康复的情绪,沉思着我疯狂的病态的精神,在这里尽其所能地靠近安宁。

(马永波/译)

橡树和我

〔美国〕沃尔特·惠特曼

1877年9月5日。上午十一点,我写下这些,在岸边一棵茂盛的橡树的遮蔽下,我在那里躲避一场突来的阵雨。整个早晨都细雨濛濛,但一小时前雨势缓和下来。我来这里是为了我前面提到过的我所喜欢的日常简单的锻炼——拉那棵年轻山核桃的幼苗——摇晃和弯曲它坚硬又柔韧的垂直树干——希望万一能让我的老肌腱从中获得一些有弹性的纤维和清澈的树液。我站在草地上,做这些适度的拉树健身运动做做停停,将近一小时,吸入大量清新空气。在溪流边漫步,我有三四个喜欢的天然休息场所——除了我随身拖着的一把椅子,偶尔审慎地用一用之外。在其他我所选择的便利之处,除了刚刚提到的山核桃树,结实而柔韧的山毛榉树枝或冬青树枝,只要是方便够到的地方,都是我锻炼手臂、胸肌、躯干肌肉的自然器械。我很快就能感觉到树液和力量上升,渗透我全身,就像遇热的水银一样。在阳光和阴影中,我小心地抓住树枝或较为纤细的树,跟它们的天真的意志进行较量——并且知道功效由此从它们身上传递给我。(或许是我们交换——对此,或许树木比我所想到的更有意思。)

　　但现在愉快地被禁锢在这里,在这棵大橡树下——雨在滴落,天空覆盖着铅云——什么都没有,只有池塘在一侧,另一侧是片延伸的草地,点缀着奶白的野萝卜花——从远处木头垛边传来人挥动斧子发出的声音——在这沉闷的景色中(大多数人会这么说),为什么我独自一人如此幸福(几乎是幸福的)?为什么任何打扰,即便是我喜欢的人的打扰,也会败坏这种魅力?可我是孤独的吗?无疑,一个时刻降临了——也许它已经来到我面前——那时,一个人感觉通过他整个的存在,那情感的部分,主观的他和客观的自然之间的一致性,谢林和费希特如此喜爱的一致性,明确地变得紧迫。我不知道那是什么样子,但是我经常在这里认识到这种存在——在清晰的情绪里我肯定它的存在,化学、推理、审美都不能做出最基本的解释。过去的整整两个夏天,它一直在强化和滋养着我病弱的身体和灵魂,以前从来没有过。感谢这无形的医生,感谢你无声的良药,你的日与夜,你的水流和你的空气,堤岸,青草,树木,甚至杂草!

(马永波/译)

一个沉默的小追随者——金鸡菊

〔美国〕沃尔特·惠特曼

这里我必须说说一种小花,甚至此刻就在我眼前。从巴尼加特到派克峰,一路上一直有一个愉快的花卉园艺学朋友,或者是成百万这样的朋友陪伴着我——那是一种坚韧的黄色小花,花瓣不多不少,都只有五瓣。9月和10月,我想,在美国中部和北部到处都开放着这种野花。过哈德逊河的时候,过长岛的时候,沿着德拉瓦尔河两岸行驶时,穿过新泽西的时候,我都看见了它,正如多年前在康涅迪格,在尚普兰湖边的一座瀑布旁看见的一样。这次旅行中它一直伴随着我,纤细的花茎和金色的眼睛,从开普梅到考谷,就这样穿过隧道,来到这些平原上。在密苏里,我看见大片的田野被它照亮。朝西伊利诺伊旅行,有天早上在卧铺上醒来,拉起窗帘,向外面一望,第一眼看见的就是它美丽的容貌和弯垂的颈项。

9月25日。清晨。我们离开堪萨斯的斯特灵,继续向东,在那里我停留了一天一夜。太阳升起有半小时高了;没有什么地方比此时此刻的这个地区更清新更美丽的了。我看见很大一片黄花地，花朵正在怒放。我们的火车迅速驶过，不时有漂亮的两层楼房闪现其间。这片大地简直和地板一样平坦，方圆有20多里，在纯净的空气中可以看见，到处是秋天的枯黄和红色牧草——干草和围栏疏疏落落，点缀在风景中——当我们的火车隆隆驶过，成群的野鸡被惊起。在斯特灵和佛罗伦萨之间，也有一片美丽的乡野。（回忆起E.L.，我战时年轻的老兵朋友，还有他在斯特灵的妻子和儿子。）

（马永波/译）

糖松——众松之王

〔美国〕约翰·缪尔

在世界上所有八九十种松树中,糖松堪称众松之王,不仅在身材上罕有对手,而且有一种独特的庄严与美丽。在优山美地,它生长在海拔三千到七千英尺的地方,而五千英尺是它的最佳生长高度。最大的植株通常高约二百二十英尺,在离地面四英尺处的直径为六到八英尺,尽管在各处能碰见一些高龄的长老树,历经七八个世纪的风雨,直径可达十甚至十二英尺,每条纤维依然清新芬芳。它们的树干非常光滑、圆润,向上逐渐变细,笔直而规则,就像用车床加工的,下部大多没有分枝,紫褐色的树干被一簇簇黄色地衣点缀得十分生动。在靠近这个宏伟柱子的顶端,树枝优雅地向外和向下弯曲,有时候形成棕榈状的树冠,但是比我见过的任何棕榈树都令人印象深刻。针叶五只一簇,约三英寸长,在长枝末端像松垂的流苏,遮住长长的向外弯曲的树枝。它们在风中唱着动听的歌,那些圆筒状球果松松地挂在长枝末端,带来多么和谐的效果!球果有十五到十八英寸长,直径三英寸,绿色,在朝向阳光的一面微微染有深紫色。它们在开花的第二年九月和十月成熟。然后薄薄的扁平鳞片张开了，种子乘风而去，而空空的松果却成为一种更加美丽的装饰，因为它们的直径由于鳞片张开而增加了将近一倍，并且它们的颜色也变成黄褐色，在随后的冬季一直到来年夏季它们仍旧挂在树上，即使落到地上以后很多年，也会继续保持着它们的美丽。糖松有一种优雅的香味，木质细腻均匀，呈奶油色，就像是由浓缩了的太阳光柱构成的。它由之得名的糖分在我看来是所有糖类中的至尊。它是从树木的芯材渗出的，那里有森林大火或斧头留下的伤口，并且形成了一些糖果般酥脆的不规则小块，就像一串凝结的松脂。它在新鲜时是白色的，但是由于大多数伤口都是森林大火造成的，汁液变成了褐色，所以硬糖也是褐色的。这种松糖很受印第安人欢迎，但由于它具有轻泄剂的特性，只能少量食用。没有哪个树木爱好者会忘记他与糖松的第一次邂逅。大多数松树的表情总是大同小异，让人觉得单调，因为针叶树典型的塔状外形尽管美丽，却终究缺乏明显的个性特征。而糖松和最独特的橡树一样，摆脱了单调一致。没有任何两棵树是一模一样的，尽管它们以似乎夸张的姿态伸展出巨大的臂膀，却从未丧失过平静庄严的表情。它们是松树中的牧师，似乎总在向周围的树木布道。它们与黄松一同生长在暖坡上，又与冷杉在凉爽的北坡做伴，尽管这两种松树也很高贵，糖松还是显而易见地具有一种王者气度，它将手臂伸到它们头上为它们祝福，而它们则左右摇摆着表示认可。糖松的主枝有时长达四十英尺，然而从头到尾简洁明快，除了接近树梢处，很少再有分枝，但是看起来并不会显得光秃秃的，因为众多披挂着流苏般针叶的细小枝条会将主枝密密地遮住；这些威风凛凛的主枝向四周对称地伸展开去，就形成了一个直径六七十英尺的树冠，它优雅地安居于高大挺直的树干上端，望过去很是壮观。大多数树枝都长在背风的东侧。

尽管糖松在长成后是如此的不同凡俗，但它年轻时却中规中矩，严格遵循着针叶树的典型风尚，细长笔直，长满松针的树枝比例恰当，整个植株呈顶端渐细的塔状。研究一下糖松在介乎年轻时的谨小慎微与成年后的自由奔放之间的各种形态，是一件很有意思的事情。在树龄达到五六十年时，拘谨而随俗的外形开始被打破。一些与众不同的树枝冒出来，被硕大的球果压得弯弯的，形成一种独特的个性风格，并且一年比一年显著。它最忠实的伴侣是黄松。花旗松、翠柏、巨杉和冷杉也在不同程度上与它共处；但是在海拔五千英尺左右的土层深厚的山坡上，它形成了森林的主体，覆盖了每一处高地、坑洼，以及纵横深陷的沟壑。宏伟的树冠相互间依偎着，织成一片富丽堂皇的穹顶，和煦的阳光透射下来，为松针镀上一层银光，又为魁伟的树干和花繁草茂的地面镀上一层金光，那般景象好不醉人！

在阳光最充足的山坡上，开白花的芳香的蕨叶玫像铺开了一片花毯，在初夏时节生动地点缀着野蔷薇，深红色的红晶兰，还有无数的堇菜和吉利花。即使在最遮阴的角落里，你也找不到任何芜杂凌乱的野草或是阴暗肮脏的痕迹。在山脊的北坡，树干更细长，地面多被榛子、美洲茶和多花栎木等低矮灌木所覆盖，但还没有密集到足以妨碍旅行者随意游逛的地步。这里的树冠浓密得几乎透不过阳光，而树枝也密密麻麻地交织在一起，以致失去了各自独立的面目。

（周剑/译）

黄松

〔美国〕约翰·缪尔

黄松作为一种用材树在塞拉山脉的所有松科树木中位居第二，在高度以及姿态的高贵上几乎与糖松并驾齐驱。凭借其忍受不同气候和土壤的超强能力，它比塞拉山脉生长的任何其他一种针叶树都有着更广泛的分布范围。在西侧的山坡上，它是在约两千英尺的海拔高度上你遇见的第一种树，并且几乎延伸到林木线的上限。然后，它又从最低处翻过山岭，下降到东面的山坡，并且向炎热的火山平原推进了相当一段距离，它在水分充足的冰碛上、满是沙砾的湖盆里勇敢地生长，爬上古老的火山，在一片余烬与灰渣中抛落成熟的球果。

在西坡上与糖松混生的那些成年黄松，平均高度稍低于二百英尺，直径为五六英尺，当然也常能找到比这更大的植株。在阳光充足，并有着其他有利条件的地方，它在形态上与糖松形成强烈对比，整株呈对称的塔形，圆柱状的笔直树干被无数个经过多次分支的树杈所包裹。而优山美地谷里的黄松，整整下半截树干都是没有树枝的，即使在长了树枝的地方，四分之三或更多的部分也是裸露的，显得比树林中其他任何树木都更纤细雅致。树皮呈大片剥落状，有些长四五英尺，宽十八英寸，厚达三四英寸，可谓独具特色。松针是一种发暖的黄绿色，六到八英寸长，坚实而又有弹性，在向上翘起的枝端拥成一簇簇漂亮的放射状流苏。无柄的球果有三四英寸长，直径两个半英寸，在针叶间密集丛生。

在被填塞的湖盆里生长着的黄松，其形态最为高贵，特别是在优山美地谷一带的湖盆中；我们已经看到，黄松在这一地区的林木中占有如此重要的地位，完全称得上是"优山美地松"。

杰弗里变种在北部山岭、宽阔的麦克劳德河（McCloud River）与皮特河（Pitt River）盆地获得了最佳长势，在那里形成了宏伟的森林，几乎没有混杂任何其他树木。它在身材上不同于普通型，高度只有后者的一半，树皮更红且沟槽更密，树叶为灰绿色，树枝少分叉，球果也更大；但还存在一些中间形态的过渡型植株，很难明确区分，尽管有些植物学家把杰弗里变种划分成一个独立的树种。正是这种黄松变种独自爬上了风暴肆虐的山脊，并且在大盆地（the Great Basin）的火山间漫步。一旦暴露在酷暑或严寒之中，它都像类似环境下的其他树木一样长得较为低矮，盘错曲折，枝干上满是节瘤，完全不像我们前面描述的那般宏伟模样。有时在海拔七八千英尺的高处，可以发现一些长着菠萝那么大的球果的老树攀住断岩，它最高的树枝也很少能超过人的肩头。

当这些高贵的大树在冬天依然庄严地矗立着，浑身披满白雪,像一片盛开的花海——这时,我常常饱餐它们的秀色;而到了夏天,一簇簇褐色的雄蕊悬挂在闪闪发光的针叶丛中,硕大的紫色球果也在醇和的阳光中一点点成熟;而在晴朗无云的暴风天气里,这些巨树所展现的美尤其令人难忘。它们像柳树一样弯着腰,所有的松针都朝着同一个方向飘动,当阳光从一定的角度照射在上面时,整个树林都在发光,就像镀了一层银。热带的阳光洒在棕榈树冠上的时候,确实非常美观,炽热的光束洪水般喷泻在闪亮的叶片上,就像大瀑布脚下的砾石间奔腾飞溅着的水花。但是对我来说,在倾泻到这些高贵的银色松塔上的光线中,有一种东西更能触动内心:它被化为无数最最细微的耀眼的光尘,从空中降下,然后,仿佛从树的心灵深处放射出光芒,就像落在肥沃的土壤上的雨水,被吸收之后又在花朵的晶莹润泽中得到重现。这种树在风中还能发出最美妙的乐音。我曾经在大大小小的风中,在每一个季节、白天以及夜晚——都聆听过这种松树的风中曲,我想我现在可以仅凭它的乐声就能判断自己在山中的大概位置。如果你想要听清松针的具体音调,就在微风轻拂的天气里挑一棵这样的松树爬上去。每根松针都经过精心调音,清晰无误,互不干扰,除非狂风大作;你还能听出松针之间相互拍击的啪嗒声,很容易与那种随意的风啸声区分开来。

如果把个头相当的糖松和这种黄松变种放在一起观察,后者的风格显得更加简约、生动、优雅,并且它的美属于更容易被人欣赏的那一种;另一方面,它在风度举止上却不如糖松那么大气,那么脱俗。黄松似乎总是急于向高处攀升。即使当它在秋天金黄的阳光下打盹的时候，你也不难察觉到它内心深处那种冲天热望，而糖松在不经意间总是那么高贵，那么完美，甚至不屑费神去关注一下它头顶的蓝天。

（周剑/译）

谁为裂叶翅果菊哀泣

〔美国〕阿尔多·李奥帕德

……我们只为我们所知者哀伤；如果我们对裂叶翅果菊的认知仅止于植物学书籍上的一个名字，那么，我们不会为这种植物自丹恩郡西部消失而感到难过。

当我试图挖起一株裂叶翅果菊，想将它移到我的农场时，我首次发现了这种植物的性格。那就像是在挖株栎树幼木；我辛苦工作了半小时，全身弄得脏兮兮，但是它的根仍然在延伸，就像一株直立的大甘薯。就我所知，那株裂叶翅果菊的根向下穿透了岩基。最后，我没有得到那株裂叶翅果菊，但是，由于它在地下苦心经营的战略，我明白它是在设法挨过大草原的干旱。

我的下一步是播下裂叶翅果菊的种子；这些种子大而多肉，尝起来像葵花子。很快地，它们就发芽了。但是经过五年的等待，幼苗仍未成熟，尚未长出开花茎。或许裂叶翅果菊必须长十年，才能到达开花的阶段；那么，墓地上那株我所珍爱的裂叶翅果菊有多大年纪了？它可能比最古老的墓碑更老，而那墓碑是在一八五〇年被竖立起来的。或许它曾看到逃亡的黑鸡鵟从麦迪逊的湖泊撤退到威斯康辛河;以前它就站在那次著名的行进路线上。它当然也看见了一连串当地拓荒者的葬礼,看见他们一个接一个地长眠于须芒草下。

我曾经看过一把电动铲在挖路边的一道排水沟时,切断了一株裂叶翅果菊甘薯似的根。它的根很快就冒出新叶,最后甚至长出花茎。这解释了何以我们有时会在刚被整平的路边,发现这种从未侵入新环境的植物。很明显地,一旦它在一个地方生根了,它几乎能够抵抗持续性放牧、刈草或犁耕之外的任何伤害。

为什么裂叶翅果菊会自牛儿吃草的地区消失?我曾经看到一个农夫将乳牛赶入一个原先只偶尔被刈取野生饲草的处女草原。牛儿在吃其他植物之前,会将裂叶翅果菊拔起。我们可以想象犎牛对于裂叶翅果菊也曾有相同的偏好,只是它无法忍受任何一道篱笆将它整个夏天的啃食局限在一个湿草原上。换言之,犎牛偶尔才来此地吃草,所以裂叶翅果菊能够容忍。

上天的仁慈,让几千种相互残杀以建立现今世界的植物和动物保留了一份历史感。现在,同样仁慈的天意,正从我们这儿收回这种历史感。当最后一头犎牛离开威斯康辛州时,很少人为它伤心;当最后一株裂叶翅果菊随它前往梦幻之国青翠繁茂的大草原时,同样很少人会为它哀泣。

(吴美真/译)

雪地上的松树

〔美国〕阿尔多·李奥帕德

一般而言,"创造"是神或诗人的工作,但是身份较卑微者可以避开这个限制——如果他们知道方法的话。例如,你不必身为神或诗人,才可以种一棵松树;你只需拥有一把铲子。藉着这个奇妙的规则漏洞,任何一个庄稼汉都可以说:"要有一棵树",就有一棵树。

如果他的身躯够壮,铲子够利,那么,最后他可能会有一万棵树。然后,在第七年,他或许可以倚着他的铲子,看看他的树,发现那些树是"好的"。

上帝在第七天就将他的手工传给人类,但是我发觉自此之后,他对于这项手工的优点,就一直没有表示明确的态度。我猜想这不是因为他太早说了,就是因为树比无花果树的叶子和天空更受到人们的注意。

为什么铲子被视为一种辛苦工作的象征?或许这是因为大多数的铲子都是钝的。当然了,所有做苦工的人都有钝的铲子,但是我不确定这两件事之间,何者为因,何者为果。我只知道精神抖擞地挥动一把好锉子,可以使我的铲子在切入肥沃的土壤时唱起歌来。有人告诉我,锐利的刨子、锐利的凿子和锐利的解剖刀,都会制造音乐。但是,我最能从我的铲子里听到音乐;当我种植一棵松树时,它在我的手腕上哼唱着。我怀疑那些努力想在时间的竖琴上拨出清脆音符的人,是否选择了一项太难驾驭的乐器。

植树只在春季进行,这是很好的,因为就一切事物而言,甚至就铲子而言,适可而止皆是最上策。在其他月份,你可以观看一棵松树如何成长。

松树的新年在五月开始。那时,顶芽变成"蜡烛";为这新生部分命名的人,必定拥有精致的灵魂。"蜡烛"乍听之下只指出某些明显的事实:新的嫩枝像蜡,而且笔直、易碎。然而,与松树一起生活的人,知道"蜡烛"有着更深刻的意义,因为它在嫩枝顶端燃烧着照亮未来道路的永恒火焰。每年五月,我的松树随着蜡烛往天空蹿升,每棵松树的目标都直指天顶,每棵松树都想到达那儿——如果在最后的号角吹响之前,它们尚有足够时间的话。只有一棵很老、很老的松树才会忘掉在它众多的蜡烛之中,哪枝是最重要的,并因而不再仰望天空。你可能会忘掉这些,但是在你有生之年,你亲手栽植的松树没有一棵会忘掉。

如果你是个节俭的人,那么你会发现,松树是你志趣相投的伴侣,因为它们和那些无隔宿之粮的硬木类不同,绝不会花掉现在的收入;它们只靠前一年的储蓄为生。事实上,每一棵松树都带着一本开了户的银行存折，每年六月三十日，现金的余额会被记录在存折中。如果在那一天，它长出的一个"蜡烛"冒出十个或十二个新芽，那么，这意味着它已储存足够的雨水和阳光，可以让它在隔年春天蹿高两英尺，甚至三英尺。而如果"蜡烛"只冒出四到六个芽，树就不会蹿得这么高，但是，它依然将带着那种配合它的储蓄的独特神情。

当然了，松树和人一样，也会碰上艰困的岁月，这种情况被记录成"长不高"，亦即连续的树枝环节之间的间距较短。这些间距是一本爱树者可以任意阅读的自传。为了正确地找出艰困之年，你必须从成长减缓的那一年再减去一年。因此，倘使在一九三七年所有的松树都减缓成长，表示一九三六年必定曾有普遍性干旱。同理可知，在一九四一年所有的松树都加速地生长；或许它们看到了即将发生之事的前兆，并且特别卖力地向这世界宣示，它们依然知道前面的道路，即使人类并不知道。如果一棵松树在某年生长较缓，而它的邻居却正常地生长，那么，你可以认定这是某种纯粹局部地域性的、或个人性的不幸使然：大火造成的伤痕、田鼠的啃咬、风吹性干燥病，或者被称做土壤的那个黑暗的实验室，遭遇了某种局部性的瓶颈。

松树常常爱谈天说地，或者像邻居那般闲聊着。当我留心倾听时，我得知在我离开的那一周里，发生了些什么。因此，在三月，当鹿经常来吃北美乔松的细枝嫩叶时，我从遭殃枝叶的高度，得知鹿有多么饥饿。一只肚子里塞满玉米的鹿懒得去吃离地四英尺以上的枝叶，但一只饥肠辘辘的鹿会以后腿站立，啃食八英尺高的枝叶。所以，虽然没看见鹿，我却能知道鹿的嘴馋程度；虽然没有拜访邻居的玉米田，我却能知道他是否已将一堆堆的玉米秆收藏好。

在五月，当新"蜡烛"像芦笋新芽般柔嫩易碎时，停栖其上的鸟常会将它弄断。每年春天，我总是看到几棵如此遭到断头命运的树，这些树下的草地上都躺着那些枯萎的"蜡烛"。我们可以轻易推论发生的事情；但是我观察了十年，却从未亲眼看过鸟弄断一根"蜡烛"。这为我们提供了一个可资借鉴的实例：我们毋需怀疑没有看见的事物。

每年六月，我们会突然在几棵北美乔松上看到枯萎的"蜡烛"，这些"蜡烛"很快就变成棕色，然后死去。松树的象鼻虫会钻入顶芽丛里产卵，幼虫孵出后，沿着木髓向下钻，导致嫩枝死亡。这样一棵失去"蜡烛"引导的松树，必然会因而顿挫，因为残留的树枝不知该由谁带领它们朝天空迈进。它们都想当领导者，结果，树只能长成一株灌木。

说来十分奇怪，只有得到完全日照的松树会受到象鼻虫的侵袭，被遮蔽的松树反而被忽略了。这便是困境隐含的益处。

在十月，我的松树以它们被磨掉的树皮告诉我，公鹿何时又开始精力旺盛了。一棵身旁缺乏同伴、高约八英尺的北美短叶松，似乎特别容易让公鹿感到这个世界需要刺激；因而这样一棵树不得不忍受侮辱，且不加还手，结果变得伤痕累累。在这些战斗中，惟一的公义是树愈受到虐待，公鹿不太闪亮的叉角上，便带着愈多的树脂。

有时，我们很难诠释树与树之间的闲谈。某年仲冬我发现一根松鸡栖木下的粪便中,有些无法辨认的半消化了的结构,它们看起来像半英寸长左右的小型玉米穗轴。我检查我想到的每种当地松鸡食物的样品,但却找不出任何关于玉米穗轴由来的线索。最后,我切开一棵北美短叶松的顶芽,在核心里找到了答案。松鸡吃下了芽,消化了树脂,在它的沙囊中磨掉鳞苞,留下穗轴,这穗轴事实上就是即将出现的"蜡烛"。我们可以说,这只松鸡已经投资于北美短叶松的"期货"。

威斯康辛州土生的三种松树(北美乔松、多脂松和北美短叶松)对于适婚年龄有着根本的歧见。早熟的北美短叶松有时在离开苗圃一两年后,便开花结球果。我那些十三岁的北美短叶松当中,有几棵已经在炫耀它们的孙子了,但十三岁的多脂松今年才第一次开花,而北美乔松甚至尚未开花;这些北美乔松(white pine)严格遵守盎格鲁—撒克逊的一个信条:自由、白种、二十岁。

若非这些松树的社会观有这么大的歧异,那么,我们的赤松鼠的菜单就会急遽缩减。每年仲夏,它们开始扯裂北美短叶松的球果,寻找种子,没有一个劳动节的野餐像它们那样,将这么多的壳和外皮抛在周遭的地景中,让每一棵树下都堆满它们一年一度的盛宴残肴。然而,总是有几粒球果逃过一劫,它们在一枝黄花之间迸发出来的后代,可以证明这一点。

很少人知道松树会开花,而知道松树会开花的人,大半缺乏想象力,以为这个花的欢宴只不过是一种例行的生物机能。所有醒悟的人,都该在松树林度过五月的第二个星期,而戴眼镜的人则该多带一条备用的手帕。看到松树如何挥霍花粉的人，会相信这个季节是多么鲁莽地迸发着旺盛的精力，即使戴菊（kinglet）的歌声并未如此说服他们。

一般而言，年轻的北美乔松在父母不在时最能蹿高。我知道在一些林地里，年轻的一代即使得到充分日照，也因长辈在旁而长得矮小瘦弱。然而，另一些林地却没有这种压制情形。但愿我知道这种差异是出自幼树、老树或土壤的耐性。

和人一样，松树对于它们的同伴十分挑剔，而且无法压抑它们的喜好和厌恶。因此，北美乔松和悬钩子、多脂松和花大戟、北美短叶松和香蕨木，常常发展出亲密的关系。当我将一棵北美乔松植于悬钩子生长的某块地上时，我可以十拿九稳地预测：在一年之内，北美乔松会长出一丛带壳的芽，它的新针叶则会开出呈蓝色的花，显示北美乔松的健康，也显示它得到了一个志趣相投的伴侣。和与它同一天被种在相同的土壤里，且得到相同的照顾，但以草为伴的北美乔松相比，这棵有悬钩子相伴的北美乔松的生长速度较快，开的花也较繁多。

在十月，我喜欢在这些蓝色的羽毛之间漫步；它们直挺健壮地矗立在红地毯般的悬钩子叶子上。我在想它们是否察觉自己是健康的；我只知道我察觉了。松树藉着政府用来得到永续外观的策略，来获得"长青"的名声，这策略即是任职期限的部分重叠。松树每年长出新的针叶，每隔一段较长时间才会抛弃老针叶，藉此，针叶让偶然看到它们的人，以为它们是常绿的。

每一种松树都有自己的宪法，这部宪法规定了适合自己的生存方式的针叶任职期限。因此,北美乔松的针叶在职一年半,而多脂松和短叶松则是两年半。新任的针叶在六月上任,即将卸任的针叶则在十月写下离职书,后者皆以相同的黄褐色墨水,写下相同的东西;到了十月,黄褐色的针叶就变成棕色了,然后,针叶会掉落下来,在下层腐叶层中被归档,以便充实树林的智慧。这个累积的智慧,使得人们漫步于松树下时悄然无声。

在仲冬时,有时我会从我的松树那儿拾取一些比林地政治学,以及比有关风和天气的消息更重要的东西。在幽暗的夜晚,当雪已将所有不相关的细节掩埋,当自然的沉默忧伤沉甸甸地压在众生之上,这种情形尤其可能发生。虽然如此,我那些背负着雪的松树,仍成排直挺挺地站着,而且在彼端的薄暮中,我觉察有另外数百棵松树的存在。在这样的时刻,我感觉心中奇妙地涌起一股勇气。

(吴美真/译)

第三辑

雏菊

〔法国〕维克多·雨果

前几天我经过文宪路,一座连接两处六层高楼的木栅栏引起我的注意。它投影在路面上,透过拼合得不严紧的木板,阳光在影上画线,吸引人的平行金色条纹,像文艺复兴时期美丽的黑缎上所见的。我走近前去,往板缝里观看。

这座栅栏今天所围住的,是两年前,1839年6月被焚毁的滑稽歌舞剧院的场地。

午后2时,烈日炎炎,路上空无人迹。

一扇灰色的门,大概是单扇门,两边隆起中间凹下,还带洛可可式的装饰,可能是百年前爱俏的年轻女子的闺门,正安装在栅栏上。只要稍稍提起插栓就开了。我走了进去。

凄凄惨惨,无比荒凉。满地泥灰,到处是大石块,曾经加过粗工的,被遗弃在那里等待,苍白如墓石,发霉像废墟。场里没有人,邻近的房屋墙上留有明显的火焰与浓烟的痕迹。

可是,这块土地,火灾以后已遭受两个春天的连续毁坏,在它的梯形的一隅,在一块正在变绿的巨石下面,延伸着埋葬虫与蜈蚣的地下室。巨石后面的阴暗处,长出了一些小草。

我坐在石上俯视这棵植物。

天啊!就在那里长出一棵世界上最美丽的小小的雏菊,一个可爱的、小小的飞虫绕着雏菊娇艳地来回飞舞。

这朵草花安静地生长,并遵循大自然的美好的规律,在泥土中,在巴黎中心,在两条街道之间,离王宫广场两步,离骑兵竞技场四步,在行人、店铺、出租马车、公共马车和国王的四轮华丽马车之间,这朵花,这朵临近街道的田野之花激起我无穷无尽的遐想。

十年前,谁能预见日后有一天在那里会长出一朵雏菊!

如果说在这原址上,如像旁边的地面上,从没有别的什么,只有许多房屋,就是说房产业主、房客和看门人,以及夜晚临睡前小心翼翼地灭烛熄火的居民,那么在这里绝对不会长出田野的花。

这朵花凝结了多少事物,多少失败和成功的演出,多少破产的人家,多少意外的事故,多少奇遇,多少突然降临的灾难!对于每晚被吸引到这里来生活的我们这帮人,如果两年前眼中出现这朵花,这帮人骇然会把它当做幽灵!命运是多么作弄人的迷宫,多少神秘的安排,归根结底,终于化为这洁光四射的悦目的小小黄太阳!

必须先要有一座剧院和一场火灾,即一个城市的欢乐和一个城市的恐怖,一个是人类最优美的发明,一个是最可怕的天灾,三十年的狂笑和三十小时的滚滚火焰,才生长出这朵雏菊,赢得这飞虫的喜悦!

对善于观察的人，最渺小的事物往往就是最重大的事物。

(沈宝基/译)

橘子

〔法国〕阿尔丰斯·都德

在巴黎,橘子满脸愁容,就像是从树上洒落而下、堆积在地、一文不值的果子。当它上市的时候,正当寒冷多雨的隆冬季节,它们的皮质鲜亮,芳香四溢,在此品味淡雅的城区,颇有落落寡合之态,略似流浪汉漂泊者。每当华灯初上,雾气迷蒙,橘子堆在小小的流动车上,凄凄惨惨布满了人行大道,依稀隐约在红纸灯笼暗淡光线的映照之下。小车辚辚,大车隆隆,一片喧嚣市声中,伴随着橘子的是一声声单调而尖细的叫卖:

"瓦朗斯蜜橘,两个苏一个!"

这种圆圆的普通水果,从外地采集而来,还残留着绿绿的果柄,但有四分之三的巴黎人都以为是从制糖厂或糖果店出品的。之所以有此印象,是因为它都用像丝绸一样的纸包裹着,而上市之后又正赶上一连串的节日。特别是临近岁末年初,成千上万的橘子遍撒街头,橘皮乱扔在阴沟的污泥里,使人觉得似乎有一株巨大无比的圣诞树,正在巴黎上空晃动着它的枝条,把上面无数人工仿造的橘子震落而下。巴黎之大,竟无处不见此果。在商店的玻璃橱窗里,是经过挑选与精心包装的橘子;在监狱与收容所的大门口,是放在饼干袋里的,或者是与苹果堆在一起的;在假日跳舞所与剧场的入口处,它当然也不少见。它那独特的清香,与煤气灯的瓦斯气,蹩脚的小提琴声以及剧院楼座上飞扬的尘土混杂在一起。人们总是忘了橘子是从橘树上长出来的,因为,当橘子整箱整箱地从南方运到巴黎时,橘树已经过剪枝、修饰、改头换面,从它过冬的温室里移植出来,在果园的露天下只过那么一个短暂的时期。

为了更好地了解橘子,应该到产它的老家去看看,到巴利阿里群岛,到撒丁岛,到科西嘉岛,到阿尔及利亚,到天空湛蓝、气候温和的地中海地区去看看。我回想起,在靠近布利达港的地方,见过一个小小的橘树林,那景致真是其美无比!浓绿的叶丛,光泽油亮,像上了一层清釉,累累的果实,呈出有色玻璃似的光辉,其耀眼的光轮给四周的氛围赋予了金黄的色彩,并烘托出橘花的鲜丽夺目。从枝叶的空隙处,可以望见远处小城的雉堞,清真寺的尖塔,隐士墓的圆顶,再远一些,在天边,则是高大的阿特拉斯山脉,它的山麓一片葱绿,山顶覆盖着白雪,好像披了一层白色的羊皮,其势如白浪起伏,构成絮片从天而降的朦胧景观。

在我小住于布利达的期间,有一天夜晚,不知道是什么三十年未遇的反常气候在作怪,一股霜冻寒流突袭了这个沉睡的城市,一觉醒来,它银装素裹,整个变了样。在阿尔及利亚如此清纯的天空里,雪花就像是飘落的珍珠粉末,反射出一种白孔雀羽毛般的光泽。更美的是橘树林。坚实的叶片承托着未融化的冰雪,像是墨绿色的漆盘里端端正正盛着果汁冰糕;蒙着白霜的果实,带有一种柔和的光辉,似乎是一层白色透明的纱布下隐隐约约透露出金黄色的光芒。此情此景,使人觉得是在教堂里过节,绣边的法衣下露出红色的道袍,金色的祭坛上铺盖着镂花的针织品……

不过,我对橘子最美好的回忆,还是来自巴尔比加里亚,那是在阿雅克肖附近的一个公园,大热天我常去那里睡午觉。那儿的橘树,比布利达的长得更高,更繁茂,枝条一直低垂到路面。这条路与公园仅隔道绿篱与一条小沟。而在小沟的外边,就是海,蓝色的大海……在这个公园里,我度过了多少美好的时光啊!在我头顶上,那些正在开花结果的橘树发散出浓郁的香气。时不时,有个把熟透的橘子,由于暑热而分量有增,从树上闷声落地,正巧在我的身旁,只要一伸手,我就可以拾到。这种果子光润似玉,黄亮如金,内瓣则绯红鲜艳。橘树固然美不待言,远处的景观亦极为赏心悦目!从叶丛望过去,大海铺展,一片片碧蓝,波光耀眼,如同无数块玻璃碎片在薄雾中闪闪发亮。有时,波涛翻滚,在辽阔的空间发出轰响,有时碧波荡漾,似乎你是在一只无形的小船里摇晃,热风薰薰,橘香阵阵……啊,躺在巴尔比加里亚公园里睡午觉,何其美哉!

但是,有几次,我午睡正酣的时候,一阵阵鼓声突然把我惊醒。那是些穷苦的鼓手到下边的路上来作练习。从绿篱的空隙望去,可以看见镶在鼓上的铜皮与罩在红色长裤上的白色围裙。为了稍稍避开那强烈刺眼的日光与大路上沸沸扬扬的尘土，这些穷小子才可怜兮兮地来到公园边上，躲在低矮绿篱的阴凉处。他们不停地敲敲！热得满头是汗！我竭力从困劲儿中挣扎出来，就近抓起几个金黄色的橘子，闹着玩地朝他们扔去。初击的鼓手立即停敲，他迟疑了一下，朝四周望望，想搞清楚这么好的橘子是从哪里扔过来朝小沟里滚过去的，说时迟，那时快，他迅速把它抓在手里，连皮也不剥就大口大口地吃了起来。

我还回想起，在巴尔比加里亚公园的旁边，仅隔一堵矮小的墙，有一个相当奇特的小花园，从我躺着的地方可以俯视它的全景。这是格局老式的土园子，小径上铺着黄沙，两旁种着绿油油的黄杨，小园子的进口有两株柏树，所有这一切，使它看起来像马赛地区的一个农舍。园子里，没有一丝阴凉，在尽头，是一幢用白色石料砌成的小屋，小屋的齐地面处，露出了地窖的采光孔。起初，我以为那是乡下人的住宅；但经仔细观察，看见那上面竖着一个十字架，有块石头上还刻着碑文，只不过从远处辨识不出碑文写的是什么，我这才搞清楚那小屋原来是科西嘉人的祖茔。在阿雅克肖的附近，四处都有这种纪念死者的小型祭屋，建筑在各家的私人花园里，每当星期天，全家的人都来这里吊念死者。这样，死者就不会像躺在公共墓地的乱岗荒冢中那么凄凉，只偶尔有两三知己的脚步来打破墓地的寂寥。

从我待着的地方，我还可以看见一个慈祥的老人在小径上不声不响地忙来忙去，整天，他不断修剪树枝，锄地，浇水,小心翼翼地摘掉已经凋谢的花朵;而后,夕阳西下时,他就走进那间长眠着他家人的小祭屋;把锄头、耙子与大喷水壶收藏好;他像墓地园丁那样从容而静悄悄地在进行劳作。这善良的老头儿对什么都不在意,他专心致志地做着这一切,不声不响,每次开关墓园的门,也毫无声息,似乎生怕惊醒了什么人。在这一片阳光灿烂的静穆之中,花园里的万籁之声不曾惊动过一只小鸟,而长眠在这里的人也不会感到半点悲寂。不过相形之下,大海显得更浩瀚无垠,天空显得更高远辽阔,在纷纷攘攘的大自然中,不堪承受尘世生活的重负,老躺在这块地方睡午觉,倒使人颇有一种安宁永息之感……

(柳鸣九/译)

树的一家

〔法国〕儒勒·列那尔

穿过骄阳炙烤下的平原,我遇见了他们。

因为害怕喧闹的缘故,他们没有住在车水马龙的大道,而是隐居在这荒野里,邻着一泓只有鸟儿才知道的清泉。

远远地望去,他们像是森严、不可侵犯的样子。然而,当我走近,树干与树干渐次地分开。他们像是欢迎我进去,可却怀着戒备的心。在烈日下走了那么久,我终于可以停下来歇一歇,感受下这遮天蔽日的凉意。但我隐隐地感到他们那带着些许敌意的眼神。

在这阴翳的荒野角落,他们离群索居,过着其乐融融的家庭生活。上了年纪的住在中间,而那些才抽出新叶,几乎遍地都是的小家伙们,则散在周围,乖顺地依偎着长辈。

斗转星移,草木枯荣,而他们却要经历悠悠的岁月才会死去。即便是死去,他们的残骸仍立在那里,迎接风雨,直至朽落化为尘埃。

他们像盲人似的,伸展着枝条,轻轻地触碰着彼此,仿佛是在确认他们是不是都在那儿。若是狂风大作,欲将他们连根拔起,他们便愤怒地挥舞着枝条,以示反抗。

可是,你从来不会见到他们发生口角。若是听到喃喃的低语声,那也只是他们彼此之间表示赞同罢了。

我觉得他们仿佛是我的家人似的,我几乎都要忘掉另一个家了。这些树木会逐渐接纳我的,为了配得上这至高无上的光荣,我学会了作为一棵树必须懂得的东西:

我已经学会如何仰望天空的流云;

也学会了怎样呆在原地,一动不动;

而且,我差不多学会了如何静默无语。

(王阿俊/译)

栀子花的独白

〔法国〕茜多妮·科莱特

六点钟……至少白色的烟草是这么说的。但白色的烟草说了不算数。当我宣布是六点钟的时候才是六点钟。只有那时,露台、花园和整个世界才四处弥漫着我的芬芳。

六点钟,还不到……我才刚醒,我总是慢腾腾地起床。我迟迟不宣布确保我统治的精确和明智,夜晚在清晨收敛了它的黑暗,在东方隐约破开一个紫褐色的口子。

要度过的一天是漫长的。它延续的每时每刻我都屏住呼吸,傍晚我周遭的晚风让夜蛾子最初的飞翔晃晃悠悠的。我在丰腴的、松松合上的花瓣间沉睡,稍微有些凌乱,那是为了让人们不会把我和茶花平淡无奇的一丝不苟混淆起来。我睡着,在大白天,就像睡着一个又白又浓郁的隐秘香气。对我们其他盛开的、要扰人心智的白花而言,白天是我们绝不松懈的迷惑时刻。那时候,天真少女、无知少男、漫不经心的情人用指甲掐断我们中间开花的一枝,淡漠地、带着不比掐了一枝毛茛更在意的神情,把它别在辫子或腰带上。当时,我还睡着,没有气味。但一旦时辰到了，"六点钟！"我就宣泄我狂热而沉默的话语。人们以为是一朵栀子花，一个食用伞菌突然附在我的身上，诱惑灵魂和肉体走向沉沦。天真少女变成了山羊，漫不经心的情人激情荡漾私奔了——当然不是一个人私奔！——无知少男投身于一门我教他的科学，圆圆的地球上又多了一个疯狂的夜晚。

六点了。我慢慢变绿的白色花瓣还能容忍，在暮色依稀中，身边隐隐约约的白烟草，黯淡的海桐花和夹竹桃，怡然却姗姗来迟的寒丁子，玉兰硕大而有毒的果子——斯温伯恩所谓的"有一点污渍更美！"指的肯定不是它的果肉——美国木豆树的细雨，缺水而吸收海水的沙地百合，还有几乎和星星一样璀璨的茉莉花。我容忍所有这些夜间淡雅芬芳的持有者，确信自己没有竞争对手，除了，我得承认，一个对手……在她面前有时候我不得不承认自己甘拜下风。在南方的某些要下雨的夜晚，某些肆意打雷闪电的午后，当我那无与伦比的对手一出现，我这朵泄了气的栀子花，就拜倒在她晚香玉的足下。

她并不领我的情。她清新怡人，就像少女的乳房，花也开得比我持久。她以此炫耀，含沙射影讽刺我老得快，花开到第三天，我就已经像是一只掉在溪水里的舞会手套一样了。

（黄荭/译）

紫藤的习性

〔法国〕茜多妮·科莱特

我真希望她还活着,希望她永远活着,这位至少活了两百岁的女霸王,花团锦簇、任性恣意的紫藤,她就长在我出生的那个花园的外面,倾泻在葡萄园路的上方。她勃勃生机的最好证明是去年一位花白头发、警觉又迷人的意外访客带来的……一条黑色的裙子,白头发,耄耋老妇人的敏捷:全都拔起了,从和以往样冷清的葡萄园路开始,一直到紫藤最长的卷须所到之处,巴黎的紫藤花在我犯关节炎常歇息的沙发躺椅上刚刚开败。蝴蝶形状的花除了散发芬芳外,还有种淡淡的膜翅目昆虫、尺蠖蛾的毛虫、七星瓢虫的味道,这一切都从圣索弗尔-昂-皮伊塞那边意外地直接传了过来。

说实话,这株紫藤,就在我躺椅上方,香气四溢,蓝紫色,一副我熟悉的神气,让我想起她以前一直名声不佳,沿着围墙窄窄的空间生长着,被一排栅栏挡着。她年代久远,在我母亲茜多第一次结婚前就有了。她五月疯狂的花季和八九月份零星的花开让我稚嫩的童年记忆充满芳香。她招来的蜜蜂简直和花一样多,像铙钹一样嗡鸣,声音四下传开不绝于耳,一年比一年厉害,直到茜多惊讶地趴在那儿看压着藤条的重重的花束,发出意外的大发现引出的小小惊叫"啊!啊!"——紫藤开始拔起栅栏来了。

既然在茜多的王国里根本不会去考虑砍掉一株紫藤,后者就继续施展她的韧性。我看到她把一长排的栅栏拔起,举在空中,离开土壤和灰质,以她植物的弹性恣意去扭曲那些栏杆,喜欢蛇一样把藤条绞在一根树干或一根栏杆上,她最终让它们彼此纠缠在一起。有时候她会碰上邻居忍冬,开着红花的甜美迷人的忍冬。她先是摆出一副没注意到他的样子,然后慢慢把他掐死,就像一条蛇勒死一只鸟儿一样。

我看到她的举动,明白了她毁灭的力量,一份摄人魂魄的美的用处。我知道她如何倾覆、窒息、排挤、毁灭、依附。蛇葡萄属植物是一个小男孩,像螺塔一样,从小就攀援在紫藤身上……

我游历过雷斯沙漠,在一个适宜午睡和做噩梦的炎热的大晴天。我不会再去那里了,害怕这个专为普通梦魇打造的地方会变得苍白。在一个亭子旁边沉睡着一摊灯芯草丛生的浑浊的死水,亭子里摆着几张坏了的叠橱式写字台,几张缺了腿的板凳和其他说不出名字的家具的残骸。我一直记得一座少了一截的塔楼,草草地修了朝一边斜的屋顶。在塔楼内部,围着旋转的楼梯分成一个个单间,每间分到的空间,大体都呈梯形……

哦,世界,你充满了秘密和约束,哪个都不是最佳的几何形状,描绘雷斯沙漠少了一截的塔楼也是徒劳!它里面填满了遭受过洗劫的家具。我该嘲笑它们的残骸？还是害怕其中的一个还带着不吉利的凶兆……

突然碎了一块玻璃，让我颤抖了一下，我终于明白：一条植物的臂膀，弯着，扭曲着——我毫不费劲就认出那是紫藤的行为，偷偷的探索，爬行动物的习性——前来敲打、破窗而入。

（黄荭/译）

红口水仙

〔法国〕茜多妮·科莱特

红口水仙真是豪饮之徒,在我家乡人们都这么叫她。她总是口渴。借助她绿色、稚嫩、脆弱的茎管,她就像用一根吸管喝水一样。她汲取海绵般的草地上的水分,吸干小沟壑、森林里的"圆水洼",她吸收冬天的雨水溢满的临时小溪流岸边的潮湿。早春时分,人们谈论的只是她,红口水仙,红口水仙,红口水仙……

但她有时也会改变性别,于是人们叫她水仙。水仙带着奶油般的苍白光泽,绣了一抹红色镶边的、有凹凸花纹的细布绉领憩在如宽圆花边领的花瓣上……宽圆花边领,细布绉领和镶边……是不是我的词语贫瘠,而且我用的尽是一些女性的饰物来形容?不是的,而是这一比喻很直接,很形象,把花瓣比作女人的饰物,把花冠比作花边。

至于硕大的红口水仙,她粗粗的空心花茎在草地上吹响它的象牙号角,因此人们也称它们为"喇叭水仙花"。在小阁楼的尽头,黄得像金子、深得像洋地黄的花心,藏着一家子雄蕊。坚忍的花冠完全是一个错综复杂的陷阱，天真的香气被雨水打着、严寒欺凌着、三月的阳光唤醒着。仿佛脖子上围了一圈皱巴巴的丝绸，啊！这位红口水仙，人们从来没能教会她像像样样地摆弄好它的领结。这也不妨碍庆祝复活节的时候，巴黎花店一车车运送的大大的复活蛋只用她来装扮。在复活蛋的小头，卖花女用细长幽绿的水仙叶子围成羽饰。人们不知道为什么，但传统就是这样要求的。因此环绕在水仙叶子中间的复活蛋活脱就是一个菠萝的模样。

  我多么喜欢，在普罗旺斯南方，白色的红口水仙开在黄色的红口水仙之前，然后是比橘子花更浓郁的黄水仙盛开！我多么喜欢，在那个冬天既不凛冽也不漫长的地方，这些跑在春天最前头的花儿……我没什么好抱怨的，今天我在巴黎的桌上就有她们。她们那么贪婪地吮吸着花瓶里的清水，水位慢慢下降，我仿佛听到她们吮吸的声音。我有白色的、黄色的水仙花，哈瑞斯甚至还加了一束——哦，真是惊喜！——粉色的水仙花……不过我怀疑哈瑞斯在把她们送给我之前，在这些暴饮者的饮水槽里倒了满满一杯红墨水……

（黄荭/译）

橡 树

野苹果

毛蕊花

金鸡菊

裂叶翅果菊

松树

雛菊

橘子

栀子花

紫藤

红口水仙

黑种草

宽叶红门兰

草莓

牛蒡花

球花风铃草

黑麦

天竺葵

百合

牵牛花

第四辑

花的智慧

〔比利时〕莫里斯·梅特林克

一

我意欲在此陈述的若干事实,都是所有的生物学家们所熟知的。我从未做出任何发现,我微薄的贡献仅限于一些简单的观察。自然,我无意一一列举我们所发现的植物智慧的全部表现。这些表现不胜枚举,不断显示,尤其是在花儿中,因为植物生命对于光明和智慧的追求在花儿中最为集中。

即使你碰到的是笨拙而又不走运的植物的花儿,它们也绝不缺少智慧与机敏。它们全都鼓足干劲去实现自己的使命。全都雄心勃勃地想去占据和征服整个地球表面,使它们所展示的生命形态多姿多彩、变化无穷。为了达到这一目的,被地心吸引力束缚在土地上的植物不得不克服许许多多的困难,其艰辛不亚于动物的繁衍。因此,大多数植物便想出了种种奇思妙计,在机械学、弹道学、航空学和昆虫观察等方面装备了种种往往比人类的发明和知识更优越的设置。

二

或许,描绘植物受精的最常见的方式未免显得多余:比如雄蕊和雌蕊的作用、气味诱惑、和谐而又艳丽的色彩的呼唤以及花蜜的产生等等。花蜜的分泌对花儿本身毫无用处,它惟一的目的是吸引和招惹蜜蜂、苍蝇和蝴蝶等空中的解放者和爱情的信使,它们有的在白天,有的在晚上,向花儿传递静静地待在远方的看不见的情人的亲吻……

乍看起来,这个植物世界是如此宁静,如此温和,充满无怨无尤的顺从精神,而实际上,它对于命运的抗争却异常激烈而又坚韧。作为植物最重要的营养器官,根紧紧地固着在土地上。如果说,在主宰我们的种种伟大法则中,很难指出哪一种对我们的压力最大,那么,对于植物而言,压力最大的法则毫无疑问是这一条:它从生到死自己不能移动一步。因此,植物比我们更清楚,它应当集中精力反对什么,而不是像我们这样分散自己的力量。这种产生于黑暗根部的固着观念在灿烂的花儿中得以确立和扩展;而这一观念所产生的能量,构成了无与伦比的美妙景象。这能量表现为一种惯常的冲动,表现为以长高战胜命定的地心引力,迷惑、逾越和回避阴森沉重的法则,冲向自由的境界,摧毁狭窄的天地,制造或是借用翅膀,尽可能远避罗网,奔向另一个王国,进入运动而又活跃的世界……植物在这方面所取得的成就令人惊诧,如同我们能够进入我们命中注定所置身的时间之外,或者能够进入摆脱了最沉重的物体吸引规律的空间。我们还将会看到,花儿给人类树立了英勇不屈、百折不挠和机智灵活的奇异榜样。我们在同种种压迫我们的需要的斗争中，比如在同痛苦、衰老或死亡的斗争中，若是能够运用我们花园中的小花所发挥的能量的一半，可以设想，我们的命运将与现在大不一样。

三

对于大多数植物来说，这种运动的需要，这种对空间的渴望，同时表现在花与果之中。在果实方面，这很容易解释，至少，我们在果实中所发现的体验不那么复杂，其预见力也不那么强烈。与动物世界的情况相反，由于无条件的不可移动性这一命定的法则，种子的第一个最凶恶的敌人便是将它生出来的枝干。我们面对的是一个奇怪的世界，在这儿，不能移动的父母知道，自己注定要饿死自己的后代，或者令它们窒息而死。任何一粒落到树木或草本植物下的种子，要么死亡，要么注定发芽困难。由此便产生了摆脱桎梏与战胜空间的伟大力量。由此便产生了播撒种子并让种子飞上天空的设备，这些情况在森林和田野随处可见。这儿我们只简单地点一下最有趣的几种：如同飞机螺旋桨的槭树翅果，椴树的苞片，飞廉的飞行器，蒲公英、蛇斑草、大戟的爆发性弹力器，葫芦科植物木鳖的喷射装置，某些花卉种子上的细微钩刺，以及其他上千种出人意料、令人惊叹的机制。可以说，数以百计种类的植物种子都想出了某种办法来从黑暗的物质怀抱冲向光明。

没有研究过植物学的人很难相信，令我们赏心悦目的这一片绿色中蕴涵着多少发明。你看红花毛茛结子的漂亮脑袋，凤仙花会裂成五瓣的果实，老鹳草果实会爆炸的密封器等等。在这方面，你也别忘了去研究身边普通罂粟果的结构，这在任何药店都可以找到。这个胖嘟嘟、傻乎乎的小脑袋里所装的聪明才智，值得我们尽情称赞。众所周知，这脑袋里蕴藏着数以千计的黑色细微种子。它妙就妙在如何巧妙地将这些种子抛撒到尽可能远的地方。若是种壳胀破或是从下面开口，宝贵的黑色种子就会在花茎下留下一圈无用的印迹。不过，它的种子只能从种壳上方的开口处跳出去。这种子成熟之后挂在小小的托柄上，一有风吹草动就摇头晃脑，准确地模仿播种者的动作，将自己的种子播撒到广大的空间。

更不用说，还有一些种子会预见到鸟儿传播它们的可能性。为了引诱鸟儿，它们在种壳外面抹了一层糖。槲寄生、刺柏、花楸等都会这样做。这些机制蕴涵着如此多的智慧，如此多的对于极终目的的理解，不由使你因为害怕重复贝尔纳登·圣皮埃尔的幼稚错误而不敢坚信这一切。然而，对这些事实不可能做别的解释。种子若不需要甜蜜的外壳，犹如花朵不需要用来引诱蜜蜂的花蜜。鸟儿啄食这带甜味的种子并将其咽下，但它的胃无法予以消化。它飞走之后会慢慢将种子归还，而此时种子已脱去外壳，准备在远离可怕故乡的地方生根。

四

不过，我们还是回过头来看一些比较简单的机制。你从路边的草丛中随便折取一枝草茎，便会看到一种孜孜不倦、出人意料的小小智慧在起作用。你看这两种不起眼的爬行植物，我们在散步时不知见过多少次，因为长得到处都是，甚至一撮土也未必留得住的不适于生长的地方。我这里所说的是两种野生的苜蓿属植物，两种真正的杂草。其中一种戴着红色的花冠，另一种则开着一串豌豆大的黄花。当你在绿草地上看到它们谦逊地藏身于其他高傲的野草中间时，你难以相信，远远早在锡拉库萨的著名几何学家与物理学家阿基米德之前，它们就发现了以这位科学家的名字命名的螺旋的奇妙属性，并且努力用之于实践——不是用于升高重物，而是用于空中飞行。它们将种子按三圈或四圈放进细细的螺线中，以精确的方式延缓它们脱落的时间，并且借助风力延长它们的旅行。这两种花儿中的黄花苜蓿改进红花品种的设备，在螺线边上安装了两排倒钩，很明显，其目的是为了便于粘附在行人的衣服和野兽的皮毛上。显然，它希望以这种方式让通过山羊、绵羊和兔子等动物传播种子的机会和借助风力播撒种子的机会结合起来。

在这一巨大努力中，最感人之处是这努力劳而无功。可怜的红花和黄花苜蓿对自己的精心设计的期望落空了，它们杰出的螺旋器并未起任何作用。只有从一定的高度，从大树或是从相当高的禾本科植物顶梢落下来，螺旋器才会发挥功能。可是它们安置在小草上面，还转不到四分之一圈就着地了。我们在这儿所见到的，是大自然中极其寻常的错误、探索、实验和小小失败的有趣例子。只有从未研究过大自然的人，才会断言它永远不会犯错误。

且不谈粘连草这又一种豆科蝶形植物，人们往往将它同我们刚才所说的那两种混为一谈。这里想顺便谈及的，是另外几种不具备这些飞行器而保持着原始荚果的苜蓿。其中一种名叫金花苜蓿，明显地表现出从荚果向螺旋器的过渡。另一种盾状苜蓿则让螺旋器变成一个圆球……我们似乎亲眼目睹了一系列植物品种致力于发明创造的奇妙景观，目睹了整个家族的实验。这个家族还没有确定自己的命运，还在继续探索更好的手段来保障自己的未来。对螺旋器绝望之后，黄花苜蓿岂不就是在这些探索中用钩刺来作为补充手段吗？这样说并非没有根据，因为它用自己的绿叶将绵羊吸引过来，让后者来关心它的繁殖问题，这是完全必须而又公正的事情。最后，黄花苜蓿比它开红花的亲戚传播得更远，岂不该感谢这一新的努力，这一幸运的想法吗？

五

谨慎而又活跃的思想的标志不仅可以在种子和花朵中，也可以在整株植物、茎、叶和根中看到，只要你肯稍稍弯下腰来，观察它们平凡的工作。你想必还记得枝条在追求光明的过程中克服重重困难的惊人努力和树木同威胁它们命运的危险所进行的巧妙斗争。而我永远也不会忘记普罗旺斯的一株百年橄榄树为我树立的英雄主义的杰出榜样，那是在苍莽美丽的狼谷，一个紫罗兰飘香的地方。它遍体鳞伤甚至因痉挛而变得僵硬的树干上，明显地记录着它一生艰苦奋斗的悲剧。是命运的主人——鸟儿或者风——将一粒树种带到这铁帘般的悬崖峭壁上。于是在这儿，在滔滔激流的两百米上空长出了一株树，它在这烈日烘烤、寸草不生的岩石上显得高不可攀而又孤独。从生命的最初时刻开始，它就伸出盲目的根去进行持久而又艰苦的探寻，以求找到可能的水分与泥土。这仅仅是习惯于南方干旱气候的植物源自遗传的关切。而年轻的树干则需去解决更为艰苦更难预料的任务。它生长在垂直的石壁上，因而它的头颅不是昂向苍穹，而是俯向深谷。因此，尽管枝叶的重量在不断增加，它也必须改变最初的运动方向，顽强地让树干沿着岩石弯曲，从而像将头微微抬出水面的游泳运动员一样，用时刻处于紧张状态和抽搐状态的坚强意志力，让沉重的树冠巍然挺立于蔚蓝的天际。

  从那一刻开始，这植物的一切心思、一切力量和一切自由的天才全都集中在这个焦点上。那奇形怪状的弯曲之处显现出它独特思想一次又一次的惊恐，正是这种思想有效地抵御了雷雨的侵袭。树冠长得一年比一年沉重，无忧无虑地舒展着，享受阳光与温暖；与此同时，暗伤又深深地侵蚀着将树冠支撑在空间的悲壮而又紧张的手臂。此时，不知是听从什么本能的呼唤，两条巨大的根，两棵毛茸茸的管道从弯曲处上方两英尺的地方长出来帮助它，将它固定在花岗岩岩石上。它们的出生真是灾难的威胁所导致的吗？抑或是天生的预见性使它们从生命出现之日开始，就期待着那可怕的时刻，以便以双倍的力量去提供帮助？或者，这只不过是一种偶然的幸运吧？人类什么样的眼睛才能窥见这些悲剧，这些对我们短暂的生命过于漫长的无声悲剧呢？

六

我们在其生活里观察到惊人的首创精神范例的植物中，享有特别值得认真研究的权利的是那些可以称之为有灵性或感觉灵敏的植物。我这儿仅限于谈一下惊恐万分的"别碰我"，亦即众所周知的十分敏感的含羞草。其他具有随意运动能力的花草则不那么著名，比如岩黄芪族中的旋转岩黄芪，人称跳舞草，它运动的方式就非常奇特。这种小小的豆科植物原产孟加拉，但在我们的温室里也常有种植，它会为了歌颂光明而不间断地跳某种复杂的舞。它的叶子由三片组成，一片在上，两片长在第一片下面的叶柄上。每一张叶片都赋有灵性，能完成自己特擅的运动。它们处于几乎是经过精确计算的不断而又和谐的激动状态。它们对光极其敏感，当它们所面对的青天露出或是被云彩遮掩，它们会相应地加快或是减慢舞蹈的速度。这不啻是一种真正的测光表或是光亚显示仪，比克鲁克斯的发明还要早。

七

还可再列举茅膏菜、捕蝇草等等这一类植物，它们已经是具有神经的生物，已大大超越将植物王国与动物王国区别开来的神秘特点，而这一特点也很可能是臆想出来的。当然，没有必要把话题扯远了，因为在使我们感兴趣的世界的另一端，在植物与泥石区别极小的最低级的阶段，就可以找到理性思维乃至明显的自由意志的例证。我这里所说的是只有用显微镜才能进行研究的神奇的隐花植物。我不拟对它们发表评论，尽管蘑菇、蕨类植物，尤其是木贼或鼠尾草孢子的运动即以无比准确、无比合理著称。不过，在淤泥和沼泽里生长的水生植物所显示的奇迹则不那么神秘。由于它们的爱情不能在水面下完成，它们每一种都各想妙法来让自己的花粉在空中飘散。比如大叶藻这种用来充填褥垫的寻常水藻，就将自己的花藏在真正的潜水钟里。睡莲把自己的花赶出湖面，由一条似乎会无限延长的腿来支撑它，并为它提供营养，这腿会随着水位的上升而变长。假睡莲的花梗不长，只是将花抛出水面，让花像气泡一样胀破。又名水核桃的菱角则给自己的花装上了充满空气的气囊。它们长出水面后开放，在完成爱情之时，气囊中的空气会被比水还重的黏滑液体所取代，使整个器官全沉浸入淤泥之中，好让果实在那儿成熟。狸藻的体系更为复杂。正如博吉利昂在其《植物生活》中所描绘的那样："这些通常生长在池沼、沟渠、水塘和积水的泥炭地里的植物，在冬天是见不到的。它们躺在淤泥底下。它们细长而又脆弱的身子舒展开来，上面的叶子变成了许许多多分岔的纤维。这些纤维的腋下长着梨状的囊袋；囊袋顶端尖细，有一个小小的洞眼，而这洞眼还装有由外向内开的阀门。洞眼四周布满绒毛。囊袋里面也铺了一层天鹅绒样的神秘绒毛。待开花的季节到来时，叶腋的毛茸茸的囊袋里就会充满气；气越是用力往外冲，囊袋的阀门就关得越紧。结果就大大减轻了整个植株的比重，使它浮到水面上来。于是，美丽的小黄花儿就开放了。它们像一些奇怪的小嘴巴，有的张得很大，有的微启双唇，用橙黄或铁红色的图案装点蓝天。在六、七、八这几个月里，它们亮丽的花儿高扬于污泥浊水之上，在周围的残枝败叶中显得格外夺目。在完成受精之后，果实开始发育，此时，角色也随之而转换了。周围的水向囊袋的阀门施压，将它打开，冲了进去，使植株变重，重新回到淤泥底下去。"

  这难道没有意思吗？在这自古以来就存在的小小器官里，集中了许多比人类的发明更有效的新发明，涉及以阿基米德的研究为基础的阀门、水压和气压的作用。正如上述作者所说的那样，"第一个将漂浮设备安装在沉船底上以便打捞的工程师，未必会想到这种设备已经使用了上千个世纪"。我们以为我们渺小的思想能够在世界上创造出新的组合和新的关系，并且觉得这世界不具备意识与智慧。然而，若是深入地考察现实，就会感到实际上我们或许什么也不会创造。作为最后出现在地球上的生物，我们只不过是在寻找先前就有的东西，并且像好奇的儿童一样，重走其他生命在我们之前已经走过的道路。不过，这种状况是完全自然而又令人慰藉的。关于这个问题，后文还会谈到。

八

若不简单地描绘一下水生植物中最浪漫而又最神奇的苦草，就无法结束有关水生植物的这一章。这种水鳖科植物的婚姻，堪称花卉爱情磨难史上最悲惨的插曲。

苦草本身是一种微不足道的小草，与美丽的睡莲和其他水下根须植物毫无共同之处。然而可以认为，大自然由于特别关照这种小草而赋予了它幸运的思想。这种小小的植物一生都在水里度过，长期处于半醒半睡状态。直到婚配的时刻到来，它才开始追求新的生活。此时，雌花慢慢张开自己腿上的螺线，并且钻出水来，在池塘上艳丽地开放。而从她们旁边的根上长出的雄花，在阳光照耀下的水中依稀现出面目，满怀着希望，也急于冒出水面来与雌花幽会。雌花早已在摇摆腰肢，呼唤他们进入爱情的销魂世界。可是雄花走到中途却突然停了下来，作为他们生命源泉的花梗太短了，使他们永远也不能进入光明的王国，只有在这天国里雄蕊与雌蕊才能结合。

大自然难道还有比这更大的过失和更残酷的折磨吗？你想，这是多大的欲望悲剧啊。眼看着就要获得的幸福却未能得到；不存在任何有形的障碍，但欲望就是不能实现，一点儿可能性也不存在。

这一悲剧或许是无法化解的，如同我们自己的尘世命运一样。然而此时却有意外的因素来进行了干预。雄花是否曾经预感到他们会面临绝望呢？至少，他们毫无疑问全都在自己的花心里藏着一个小气球，如同我们藏有奇迹般地逃生的希望。他们似乎犹豫了片刻，但突然之间又做出英勇的努力去迎接幸福——在昆虫和花卉世界中，这是我们知道的是令人惊叹的努力——坚决地挣断了自己与生命的联系。他们从花梗上断下来，在珍珠般的欢乐中，他们的花瓣激动万分地冲出水面。他们虽说受了致命之伤，但却舒心而又自由，同他们无忧无虑的新娘们在一起欢快地游泳。完成结合之后，他们就死去了，并被流水冲走。此时他们的妻子已变成母亲，在仍然飘荡他们的气息之处清洗花冠，然后收起气囊，重又沉入水底，孕育那英勇的吻所带来的果实。

  这一光辉的画面严格再现了现实，只不过是单从光明的角度来看。难道应当从阴暗的角度来看，让这现实显得阴沉可怕吗？为什么不呢？从阴暗面看到的真理，也如同从光明面看到的一样有趣。如果我们在这悲剧中研究物种的智慧与追求，那么这不啻是一部完美的悲剧。可是，若是观察每个个体，我们就会注意到，他们在这理想的方面也在摸索着向对立方面运动。有时，雄花浮出水面后，在附近见不到形成雌蕊的花；有时，由于水位低，他们本来容易与女友结合，但他们却未能从花梗上挣脱出来。在这儿，我们再次确认，天才属于整个物种，属于共同的生活或大自然，而个体则几乎是没有智慧的。即使在一个人身上，也可以看到人类智慧与个人智慧的竞争，以及越来越激烈和积极的对于某种平衡的追求；而这一追求正是我们未来的伟大秘密。

九

寄生植物的生活展现了险恶智慧的奇观，民间称之为"教士胡须"的菟丝子就是绝好的例子。它没有叶子，茎才长到几厘米长，便自动离开自己的根，去缠住它选中的牺牲品，将自己的吸根插进去。从此之后，它就完全依赖这俘虏生存了。它的远见不会出错。凡是它不喜欢的支撑者，无论是多么诱人，它都会避开，如果有必要，它宁肯多走相当远的路，去寻找大麻、葎草、三叶草和亚麻等气质和趣味与它相投的植株。

由菟丝子自然会说到卷络类植物，因为它们的性情值得关注。凡是在乡下住过的人，都会有机会因看到野葡萄或旋花的本能乃至感情而惊诧不已。它们的触须会自然地伸向靠在墙上的钉耙或锄头的木柄。你若是将钉耙放到另一个地方去，第二天它们也会改变方向，跟着爬过去。叔本华在其论著《自然界中的意志》关于植物生理学的一章中，以自己的大量观察和试验为基础对这个问题作了结论，不过，此处若是介绍他的这些观察与结论，未免显得多余。我奉劝读者去阅读他的这本书，定会在其中找到大量的有关文献和参考著作。不用说，在那以后的五六十年中，这些文献又大大增加了，可是研究对象本身却似乎远未得到彻底考察。

在如此众多的机智、狡黠和远见现象中，我们还想以容光焕发的天仙子为例。这种开黄花的小草样子颇像蒲公英，利维埃拉古老的城墙上到处都是。为了保证种子的传播和种族的稳定，天仙子同时结出两种种子。一种能够轻易离开并且长有翅膀，以便随风飞走；另一种没长翅膀的种子则留在蒴果中，待蒴果腐烂之后才获得解放。

刺苍耳的例子表明，某些种子的传播体系构想得多么精妙、任务又完成得多么好。这是一种长着钩刺的丑陋杂草。不久之前，西欧对它还一无所知，自然没有人想到要引种它。它之所以能够征服新的土地全赖于它的刺。这些钩刺长在种壳上，会沾在动物的皮毛上。它的故乡在俄罗斯，是随着皮毛从莫斯科的大草原运来的，从地图上可以追寻出这个征服新土地的伟大旅行家的全部行程。

意大利捕蝇草是一种天真老实的开白花的小草，特别喜欢长在橄榄树下。它的思想是朝另一个方向发展。它显然胆怯而又多疑，为了躲避不礼貌而又讨厌的昆虫来访，它的花梗上长满了会分泌黏性液体的茸毛，能将昆虫紧紧抓住。南方国家的农民将这种植物用作家里的捕蝇器。某些种类的捕蝇草还精心改进了这一体系。由于它们特别害怕蚂蚁，为了阻拦后者，便在花梗的每个分节处下面用猫液涂了一大圈，如同我们的花工为了防止毛虫上树而在苹果树上用焦油涂的那样。

现在我们或许该谈一下植物用来自卫的手段。欲想了解这方面详情的读者，我建议去读一本杰出的科普图书《古怪的植物》。亨利·库潘在此书中考察了几种这类奇怪的自卫武器。首先是关于刺的问题。对于这个引人入胜的问题，索邦大学学生洛特里埃进行了极其有趣的实验。实验表明，阴暗和潮湿会使植物的刺消失。与此相反，植物生长之处越是干燥，阳光越是充足，它所长的刺就越多。它似乎明白，作为裸露的岩石或灼热的干砂上的惟一生物，它只有付出双倍的能量，才能避免那些无法自由选择食物的敌人的危害。还有一种情况也令人惊奇，大多数人工种植的有刺植物会逐渐放弃武器，像是将自己的安危交给超自然的保护者，让后者把它们收养在自己的园地中。

某些植物，比如紫草科植物，会用相当厉害的螯毛代替刺。荨麻等植物的螯毛还有毒。而老鹳草、薄荷和芸香等植物则会发出强烈的气味，将昆虫赶走。不过，最奇特的还要数那些用机械手段来自卫的植物。这儿我只举木贼为例，它的身上裹着一层含有硅的微粒，像是穿了一件真正的铠甲。不过，所有的禾本科植物的外衣都包含着防止自己被蜗牛和蛞蝓侵食的信息。

十

在我们的花园里，植物要举行成千上万次结婚仪式，通过交配而受精。在对这方面所必须的器官进行研究之前，我想谈一下许多极其寻常的花儿的有趣结构：这些相亲相爱的夫妇同在一根植株上出生，又同戴着一顶花冠死去。这种结构最典型的特征是雄蕊，即花的雄性器官。它们数量众多，但极脆弱，环绕着强大而又善于忍耐的雌蕊。伟大的林耐说得真美："丈夫和妻子们在同一座宫殿里寻欢作乐。"可是，这些器官的位置、形状和习性每种花儿都不一样，似乎大自然的想法还未完全确定下来，抑或未能找到确切的表现方式；要么是出于自尊，大自然决定永远也不在自己想象出来的事物中重复同一个想法。通常的情况是，花粉成熟之后会自动从雄蕊顶端落到雌蕊上。可是，雌蕊与雄蕊往往处于同一高度，抑或二者相距太远，甚至雌蕊高出雄蕊一倍。这时，它们必须做出无限的努力，才能结合。在这种情况下，就像我们在荨麻那儿所看到的，雄蕊就会在自己的花丝上、花心里俯下身子。在受精之时，雄蕊会像弹簧一样伸展开来，扬起粉尘，将花粉喷到柱头上心或者像我们在小檗那儿所看到的，远离雌蕊的雄蕊只有在白天阳光灿烂的时候才能完成结合。为此，雄蕊在两个水性腺体重力的牵引下紧贴在花的内壁上。太阳出来水分蒸发后，变轻了的雄蕊即向柱头扑过去。在别的情况下，还可看到别的机制。比如，白报春花的雌性器官有时比雄性器官长，有时又比后者短。百合、郁金香等花儿的女方个头特别高，要竭尽全力才能采集和固定花粉。然而，最独特、最神奇者莫过于芸香的机制。这是一种气味相当难闻的药草，一种名声不好的通经剂。雄蕊聚集在黄色的花冠里，将又矮又胖的雌蕊团团围住，静静地等待时机。当在婚配的时刻到来，妻子显然在一一传唤他们时，它们就前去与它亲吻。先是第一个去，随后是第三、第五、第七、第九，一直到数不清的最后一个。接着是双号排成的那一排，第二、第四、第六——也是到最后一个结束。这是一种秩序井然的爱情。这种花儿计算之精确程度令我感到诧异，起初竟不相信植物学家们的有关记述。直到多次亲自验证了这种数字感，我才打消了这一疑惑。我相信，这种花儿很难算错一回。

我不想再举更多的例子。在这方面，单是随意在田野或丛林散步，就足以观察到上千种可与植物学家们讲述者媲美的有趣现象。不过，在结束这一节之前，我还想再谈一种花儿。这并不是因为它表现出不寻常的想象力，而是因为它做爱时显示出一种特别美的姿势。我说的这种贵妇人黑种草，在民间有许多有趣的绰号：维纳斯的头发，灌木丛魔鬼，秀发美人等等。民歌曾做了大量成功而又动人的尝试来描绘这种动人的小花。在南方，黑种草往往野生于路旁和橄榄树阴下，在北方则多种植在古老的花园似这种蓝莹莹的花儿像原始品种那么朴素。它之所以会被称为维纳斯的头发，是因为它的叶子纷披细长，绕成轻盈的绿圈，环绕着花冠。在碧蓝的花冠中心有五枚雌蕊。它们像五个女王一样，高傲威严，难以接近，身穿绿色的长袍。一群迷恋它们的不幸雄蕊互相推挤着环绕在它们周围，可它们的个头还不及它们的膝盖高。于是在这座由绿宝石和蓝宝石构筑的宫殿中，在美妙的夏日，开始了一场没有声息也没有出路的悲剧。可以说，这是一场缺乏力量、没有目的和没有行动的期待的悲剧。随着岁月的流逝，它的光彩黯淡了，花瓣脱落了，威严的女王们终于在生命的重压下垂下了高傲的头颅。此时，或许是考验已经持续得太久的缘故吧，它们听从了爱情难以克服的神秘呼唤，有节奏地抽动起来，活像水池里五股喷泉和谐的游戏，它们微微后仰，以优雅的姿势与温顺的人们亲吻，从它们的口中吸取金色的花粉。

十一

这一切显然包含着许多奇妙而又不可思议的东西。关于花的智慧或许可以写成一本与罗曼涅斯关于兽的智慧同样厚的书。我们的随笔并无这样的奢望。我所关注的，仅仅是我们身边的世界上所发生的一些有趣的现象，在这个世界上我们过分高傲地认为自己是享有特权的生物。我所列举的这些现象并不详尽，仅仅是作为例证，并以我观察的兴趣与当时的情况而定。在这些简短的随笔中，我主要是写花，因为正是花儿显示出最大的奇迹。我暂且撤下那些肉食类花儿，比如茅膏菜、猪笼草和瓶子草等等，因为它们涉及动物王国，须作详细研究。我只想集中地谈一下花儿，即真正意义上的花儿，人们通常认为它们缺乏感情也没有灵性。

为了将事实与理论区分开来，我们在谈花儿时，是把它看成人那样，能够预想和考量自己的全部行为。往后我们将会看到，它有多少智慧应当予以承认，又有哪些是必须否认的。而现在，它像一位威严的王子一样独自站在舞台上，富于智慧和意志。很难否认它的这些品质。若要否定它的智慧，就得求助于相当模糊的假设。比如我们看到一朵花静静地长在花梗上，在辉煌的圣殿中掩蔽着植物的生殖器官。在这爱情的圣殿深处，除了完成雄蕊与雌蕊的亲密结合之外，似乎再没有什么事情可做。而许多花儿都愿意完成这种结合。可是对于其他一些花儿，却会产生充满可怕威胁并在正常情况下无法解决的不能通过异花传粉受精的问题。难道它们会从古往今来无数不断重现的经验中懂得，自花授粉，亦即雌蕊从同一朵花里的雄蕊受精，会导致种族的退化吗？有人说，花儿什么也不知道，什么经验也不会吸取，自然力量本身会逐渐淘汰那些自花受精的种子和植物。不久之后，就只有那些显得异常的植物保存下来。比如雌蕊长得特别长，使雄蕊难以企及，从而得以避免自花受精。只有这些异常现象熬过了上千次的变故，使偶然性得以固定下来，而正常的类型则被淘汰了。

十二

往后我们会看到，对于问题的这类解释会有多少。而现在我们且到花园或田野里去，以便就近考察花儿的天才所完成的两三项有趣的发明。你看，离家不远，我们就看到了蜜蜂光顾的一簇有着巧妙机关的芬芳绿草。即使很少下乡的人，恐怕也不会不知道憨厚的鼠尾草。这种唇形科植物没有任何野心。它头上的朴素花冠像饥饿的嘴巴一样使劲张开，尽情歌颂路上的阳光。你会见到许许多多各种各样的植物，但是没有哪一种的受精体系有我们考察的这种这么完美——我注意到了这一有趣的细节。

不过，现在使我感兴趣的是这种极其寻常的鼠尾草。此时，为了歌颂春天的到来，它在我的橄榄树林里凉台的所有墙壁上铺上了紫色的壁毯。请你相信，任何等待君王到来的宏伟大理石宫殿的凉台，都不曾装饰得如此富丽堂皇和喜气洋洋。在这儿，你会感受到正午时分灼热的阳光所散发出来的芳香气息。

至于细节，我要说，柱头亦即雌性器官包含在上唇瓣之中。这片唇瓣形成一个风帽，里面长着两枚一模一样的雄蕊，亦即雄性器官。端坐在这个婚床帐幔下的雌蕊为了阻止雄蕊授精，长得比雄蕊高一倍，使雄蕊失去接近她的任何希望。不仅如此，为防万一，花儿还让雄蕊的成熟时间早于雌蕊，待雌蕊能够受孕之时，雄蕊便已消逝了。此时，就会有外来的帮助，让其他花朵的花粉飞到被抛弃的雌蕊上，使之受精。只有风媒传粉的花儿才让风儿来关照此事，而鼠尾草则属于虫媒传粉植物，也就是说，它特别喜欢昆虫，只期待它们发挥作用。然而，它不可能不知道——它对于生活了解得非常透彻——在它所生活的这个世界上，不能指望谁有同情心，也不能指望谁会提供无私的帮助。因此它不会浪费时间来徒劳地祈求蜜蜂的恩典。如同地球上同死亡斗争的所有生物一样，蜜蜂只为自己和自己的种族而生存，从未想到要去给为它们提供食品的花儿效劳。如何才能迫使它们，或者至少让它们不知不觉地为自己的婚事效劳呢？鼠尾草想出了一个绝妙的爱情之网：它在自己的帐篷深处放了几滴甜蜜蜜的花蜜作为诱饵。不过，两根平行的花丝伸展开来，活像荷兰吊桥上的旋转轴，挡住了通往这些琼浆的通道，每根花丝顶上都有一个小袋囊，即盛满花粉的花药，而下面的两个较小的袋囊则发挥平衡作用。当蜜蜂钻进花心去采集花蜜时,它的脑袋就会碰到这些小袋囊。此时,在轴心上转动的两根花丝就会慢慢向下倾斜,它们顶端的花粉随之而从两边接触蜜蜂,让它的身子裹上一层有授精能力的花粉。

蜜蜂刚一离去,具有弹性的主轴又恢复原来的状态,做好一切准备,待新的客人到来时故伎重演。

不过,这一切仅仅是这出戏的前半部:后半部将在另一种场景中展开。在旁边的一朵花中,雄蕊已经萎谢,可期待花粉的雌蕊才刚刚登场。她缓缓地从风帽中伸出头来,先是舒展身子,随后又弯下腰来,分成两叉,将闺房门挡住。蜜蜂在采集花蜜时,它的脑袋可以自由地从这叉子下面伸进去,这叉子趁机接触它的背部和两侧,而这些地方正是其他花的雄蕊所接触过的。分叉的雌蕊尽情地吸入这些银色的花粉,使受精得以完成。顺便说一下,若是将一截麦禾秸或火柴杆伸进花去,也不难使这机制运行起来,从而能够观察到其所有的运动是多么精确,多么令人惊奇和感动。

鼠尾草属植物种类繁多,约有近五百种,我不想一一列举它们的学名,以免令你心烦,因为它们并不总是那么优美,比如草地鼠尾草、药鼠尾草(我们的菜园里长有)、胶质鼠尾草、天蓝鼠尾草和一串红(我们花篮里的艳丽的红花鼠尾草)等等。对于我们刚才所描述的机制,它们没有哪种不在某些细节上加以变化。其中一些——我们觉得其完善程度尚有争议——将雌蕊的长度扩展一倍乃至两倍;这样,雌蕊不仅能从风帽中钻出来,而且还让华丽的帽缨挂在花朵门口。这样,它们就能避免雌蕊由同一个风帽里的雄蕊授精的危险,即使这种危险仅仅是一种可能性。另一方面，若是雄蕊成熟得比雌蕊早，而又不能严格地克制自己蜜蜂从花心里出来时，就会将雄蕊的花粉传给同一朵花里生长的雌蕊。其他品种通过杠杆运动原理，增强花粉的飞散力，使之更准确地从两侧拍打昆虫的身子。最后，还有一些品种至今未能确定和协调好各部分的机制。比如，在我井边的一株紫花鼠尾草附近，夹竹桃的绿阴下，我发现了文丛带浅紫色斑点的小白花。其中休想找到弹簧的痕迹。雄蕊与雌蕊交错，填满了花心。这儿一切都显得杂乱无章，听天由命。我相信，将这种唇形科植物的大量品种结合起来考察，就能追索其完美发明的各个阶段，从我眼前这株白花鼠尾草的原始蒙昧到药用鼠尾草的尽善尽美。这意味着什么呢？难道对于这一芳草家族的机制结构还处于研究阶段吗？难道如同我们在驴豆家族中看到阿基米德螺旋那样，我们在这儿仍处于确定和最后的实验阶段吗？自动弹簧的优越性是否还未受到公认？或许，世上万物并非全都一成不变、事先确定好的，在这个世界上，我们认为天生注定落后的许多东西，恐怕还有待争论并经过实验来予以验证吧？

十三

无论怎么说，我们还是看到，大多数鼠尾草属植物系通过异花授粉出色地解决受精这一重大问题。在人类世界，任何新发明都会马上被一群猥琐的研究者抓过去，予以简化和改进；

花卉世界也是如此……鼠尾草的专利马上就遭到剽窃，并以奇特方式对许多细节予以改进。玄参科植物中，有一种生长在林中的名字非常难听的脏鬼草；你肯定在林间背阴处见过它，即那些生长帚石南的地方。它将一种绝妙的变异方式引入了机制。它的花形与鼠尾草几乎一模一样。一枚雌蕊与两枚花粉一起长在小风帽中。当雌蕊圆圆的小嘴巴湿漉漉地伸到风帽外面时，花粉仍被严密关闭在风帽中。在这罗帐之中，两性的性器官紧挨在一起，甚至互相接触，然而由于其机制与鼠尾草截然不同，自花授粉受到无条件的禁止。实际上，雄蕊形成了两个装满花粉的袋囊。这两个袋囊各有一个口，它们叠合在一起，互相堵塞。它们在风帽内像弹簧一样卷曲的花丝上，由两个齿轮似的乳突支撑着。蜜蜂或是熊蜂钻进花来吸吮琼浆时，必定要推开这些乳突。此时，获得自由的袋囊就会马上鼓起，向前猛冲，碰在蜜蜂的背上。

不过，花儿的天才和远见并未到此结束。正如第一位全面研究脏鬼草的缪勒所说的那样："如果说雄蕊在撞击了昆虫之后，它们相互之间仍然保持着原先的好感，但是一粒花粉都出不去，因为袋囊的口子互相堵塞。不过，这一困难还是被简单而又巧妙的设备战胜了。花冠下唇瓣的形状并不平匀，而是歪歪扭扭，很不规则，一面比另一面长几毫米。熊蜂坐在上面时，不得不弓起身子。于是，它的头就会不断碰到花心里的两个乳突。结果导致了雄蕊的分离。它们的口子打开后，不断撞到熊蜂身上，让它裹上一层有授精能力的花粉。"

"当熊蜂飞到另一株花上去之后，它必然会使之受精，因为——对于这一细节我们此前一直故意避而不谈——它在将头伸进花心去时,首先会碰到雌蕊;而在雌蕊接触的这个位置,一分钟之后又会遭受雄蕊的撞击;而在一分钟之前,它才接触过它刚离开的那朵花的雄蕊。"

十四

这些例子可谓不胜枚举,因为每种花都有自己的思想、自己的设备和自己获得并加以运用的经验。你在研究身边的这些小小的发明和五花八门的措施时,会不由自主地联想到那些非常有趣的机器和设备展览;在这些展览中,人类的力学天才显示出无尽的潜力。不过,这种天才是从昨天才开始存在的。而植物的力学则已发挥了若干个世纪的作用。当花儿最初出现在我们的地球上时,它的面前并没有任何可以效法的模式。一切都必须从自己的精神索取。当人类还在发明大棒、弓箭和连枷的时候——不久之前我们才发明纺车、滑轮、复式滑车和撞锤,这可以说是昨天才发生的事情——当投掷器、挂钟和纺织机被认为是我们的杰作的时候,鼠尾草已经为它精确的秤装上了秤杆和秤砣,而鬼草则装备了似乎用于实验的封闭式袋囊、相继发挥作用的弹簧以及斜面组合。百年之前,有谁能揣测到螺旋线的性能呢?可是自从大地上出现树木的那一天起,鹅耳枥和根树就已经会利用这些性能了。我们什么时候才能造出体质轻巧、作用精确的降落伞和飞行器来,可与蒲公英相比呢？我们什么时候才能掌握将花瓣那么脆弱易损的丝绸剪裁成力量强大的弹簧的秘密，使这弹簧能与将金色花粉撒到空中的鹰爪豆媲美呢？我在此文的开头部分曾提到一种又名女子手枪的苦瓜，有谁能向我们揭示它奇迹般力量的秘密呢？你认识苦瓜吗？这是一种寻常的葫芦科植物，在地中海沿岸随处可见。它肉质的果实很像黄瓜，具有强大的生命力，蕴涵着难以言喻的能量。在它成熟之后，只消轻轻碰它一下，它就会像抽搐一样迅速从瓜蒂上脱落，破开一口子，从中喷射出含有无数种子的黏稠液体，并以惊人的力量，将这些种子射到离母株四五米远的地方去，其猛烈程度如同我们呛咳时浑身痉挛，将五脏六腑连同鲜血一起吐到离我们的肌肤和骨骼半公里外的地方去。不过，大多数植物都有自己的投掷手段，并且发挥我们一无所知的能量。你想必还记得油菜或染料木种子噼噼啪啪开裂的情况。植物炮兵的伟大天才之一无疑是乳浆草。这种大戟科植物适应我们这儿的气候，遍地丛生，长得比人还高，颇有装饰作用。此刻我桌上的花瓶里就用清水养着一枝乳浆草。它结满了三棱状的暗绿色蒴果，种子就包在里面。这些蒴果不时会一个跟一个响着裂开，种子随之而以惊人的初速度从各个方向弹到家具和墙壁上。若是有一粒弹到你的脸上，你会觉得像是被虫咬了一样痛，这些只有大头针盖那么大的小小的种子，穿透力真是大得出奇。即使你对蒴果的结构进行研究，寻找其机制原理，你也休想发现这一切力量的奥秘。这力量如同我们的神经力量一样无迹可寻。鹰爪豆不仅果实装有弹簧，其花也有。你或许留意过这种奇妙的植物。它是鹰爪豆属这一兴旺家族的杰出代表。该家族向往淡泊、清醒而又顽强的生活,什么样的土壤让它都能适应,什么样的诱惑它都经得起。在南方的山间小路旁,鹰爪豆形成一个个茂密的巨大球形树冠,高达三米,在五六两个月开满金灿的绚丽花儿,其芬芳与通常长在附近的金银花的香味混合在一起,在石灰质土壤反射出来的骄阳的灼热中,使人感到格外舒畅。这种舒畅劲,只有当你想象天庭的甘露、极乐世界的清泉、湛蓝潭底透明的群星时,才会有所体会。

鹰爪豆的花儿,如同豆科其他所有蝶形花植物一样,非常像我们菜园里的豌豆花。它的下唇瓣连成矩形,密封的内部包含着雄蕊与雌蕊。花儿还未长成之时,它不会为蜜蜂开门。可是被幽禁的未婚夫刚进入青春期,下唇瓣在钻入花中的昆虫的压力下就会裂口,金色的帐篷激动地张开,猛力将闪闪发光的团团花粉撒到昆虫和附近的花上,与此同时,片花瓣小心翼翼地像帘子一样挂下来,将花粉撒在需要受精的柱头上。

十五

我建议有意深入研究这些问题的人去阅读克里斯蒂安康拉德·施普兰盖尔的著作。此人在其趣味盎然的《大自然发现的秘密》一书中详细研究了兰花多种器官的功能;在这之后再去读达尔文、缪勒博士、利普施塔德、希尔德布兰德、意大利的德尔皮诺、古凯尔、罗伯特·布朗等许多人的著作。

我们在兰花中能看到植物智慧最鲜明最和谐的表现。在这些备受娇纵的奇特花儿身上，植物的天才达到了极限，并以不寻常的烈焰烧熔了将一个个大自然王国隔离开来的墙壁。不过，我们不要被兰花这一名字弄糊涂了，不应只想到那些稀罕珍奇的花儿，那些温室里的女王——它们所需要的似乎是珠宝匠而不是花工的照料。我们这儿的野生花卉中，包括杂草在内，至少有25种兰花。其中有几种天才卓著，极为复杂。达尔文在《论兰花的昆虫传粉》一书中就曾对它们进行过研究，此书可谓植物心灵英勇斗争的神奇历史。这儿无法用寥寥几行字来概括这部插曲宏富的花仙子的传记。可是，既然我们考察花的智慧问题，就不能不对这种花儿的行为和智慧习惯有相当的了解，因为它比其他所有的花儿都善于让蜜蜂或蝴蝶精确地实现它的愿望，在它规定的时间，以它规定的方式。

十六

不画图就很难说清楚兰花不同寻常的复杂设备，不过，我还是努力用多多少少切近的比喻来对它加以说明，并且尽可能避免使用着粉腺、花粉块等专门术语，因为对于那些不太熟悉植物学的人，它们不能引起任何确定的形象。

这里且说我们这儿最普遍的兰花——斑点红门兰，或者最好是宽叶红门兰，因为它比其他品种要大一些，民间称之为圣三主日草。这种生命力很强的植物能长到30～60厘米高。林中潮湿的草地上经常能见到它。每年五六月份，它的葶上就开出粉红色的小花。我们的这种典型的兰花非常像中国龙张开大嘴的脑袋。下唇瓣相当长，像是一块刻成的齿状护板，专供昆虫停歇。上唇瓣像顶圆圆的小睡帽，遮掩着花的主要器官。而在花的后部，从花柄上吊下个矩形或长角形的东西，里面装着花蜜。大多数花的柱亦即雌性器官，都长得像毛笔头，多少带有黏性，在娇嫩的花丝上耐心地等待花粉。兰花的这一经典性构造已经变得叫人认不出来。在口腔的深处，在喉咙里舌根所在的位置，有两根紧紧粘连在一起的雌蕊；它们上面的第三根已变成了不寻常的器官。这根雌蕊上面有一个好似袋子，说得更确切一些，好似水池的装置，名叫蕊喙。其中装满了黏稠的液汁，浸泡着两个小小的花粉团。两根细细的花丝从里面钻出来，顶端上都有一个认真系上去的花粉块。

现在我们且来观看昆虫进入花朵时发生的情况。它在专为接待它而伸出来的下唇瓣上停下后，努力想接近花心深处的角状物。可是通道非常狭窄，昆虫的头在向前伸时必然会碰到那水池。而水池即使对微小的震动也非常敏感，当即按一定的纹理破裂，释放出裹着黏稠液汁的花粉团。花粉团直接接触来客的脑袋，靠在上面，紧紧地贴住。于是，昆虫离花而去时，就会将这两个花粉团以及与之相连的花丝，还有花丝顶端所系的花粉块带走。就这样，昆虫飞走时，偷走了两个像个香槟酒瓶一样的角状物品。蜜蜂无意识地成了艰难任务的完成者，很快又去拜访另一株花。如果它的角状酒瓶依然很结实，这装满花粉的包裹在与其他同样的包裹相撞时，花丝依然在感觉灵敏的池子里游泳，花粉的混合并不会产生任何结果。正是在这儿显露出了兰花的天才、经验与智慧。它精确地计算出昆虫吸取花蜜和飞到另一株花所需要的时间，发现这平均为30秒钟。我们知道，花粉块系靠两根伸进黏稠花粉团的短短的花丝支持。每根花丝进入花粉团的地方都有一个膜状圆盘，其惟一的功能是随着这30秒的流逝，每一根都不断地收缩和弯曲，最后倾斜成90度角。这是新一次计算的结果，只不过这一次所涉及的不是时间，而是空间。媒人所偷去的那两个盛着花粉的瓶子现在以垂直状态顶在它的头上，它在钻进附近的花时，这两个花粉瓶子就会撞击这新花水池上方的那两个连在一起的水池。

  然而这还没有完。兰花的天才还未向我们展示它的全部造型能力。被花粉块撞击的柱头上盖着一层黏糊糊的东西。这些东西的黏性如果都一样，那么小水池里的大量花粉在脱离花丝之后，就会完全粘在一起，它们的命运也就这么完结了。可是这并不是情愿的结局。重要的是，花粉并不满足于一次历险记，它们希望自己的机会多多益善。这种会计算分秒和测量路线的花儿还是化学家，它将黏合剂分为两种：第一种黏力极强，一接触空气就马上变干，以便将装满花粉的小瓶子固定在昆虫头上；另一种黏力要弱些，主要是对雌蕊起作用。对于轻轻软化和解除包裹着花粉的那些富于弹性的细薄丝网，这种黏合剂的强度已经足够了。不过，只有一些花粉被它粘住，其他大量花粉则未受影响：当昆虫拜访其他花儿时，又继续自己授粉的工作，几乎是没完没了。

  我将这奇迹讲完了吗？没有，还需注意某些被遗漏的细节。比如，当小水池开裂、现出黏糊糊的花粉团时，其底边翘起来，好让未被昆虫带走的花粉块在黏液中保持良好状态。挂在昆虫头上的花粉丝极其有趣的准时散开，以及兰花的某些化学性预防措施，也同样值得关注。这类措施其他植物也有，因为加斯东·博尼耶不久前的实验似乎证明，每种花为了保护其品种的纯洁性，会分泌令其他种子死或失去生殖力的毒素。我们所看到的情况大体就是这样，然而，如同其他任何地方一样，这儿真正伟大的奇迹开始于我们的目光所注视之处。

十七

最近，我在橄榄树林荒芜的一角发现了一株绝妙的散发着山羊气味的Loroglossum bircinun。我之所以不认识这种花，是因为它在英国很少见，连达尔文都没有研究过。在我们当地的所有兰科植物中，这无疑是最杰出、最神奇、最令人惊叹的一种。它若是能长到美丽的兰花那么高，或许就可以说，世上再没有比它更奇妙的植物了。你想象一下，它的主轴长得像风信子的一样，不过更高一些。它匀称地开着三角形的淡绿色的花朵，上面还带有浅紫色的斑点，显得十分阴沉。唇瓣的基座上装饰着青铜色的浮雕，长着浓密的绒毛和不祥的雪青色结核。这唇瓣疯狂地无限延伸，活像一条卷来卷去的带子，泛出在水中泡了一个月的溺死鬼的颜色。整个植株令人联想到最凶险的疾病，像是生长在充满讽刺的噩梦与巫术的国度，散发出恐怖而又难闻的公山羊的气味，使人在很远的距离之外就知道这魔鬼的存在。我之所以会留意并详细描绘这种臭气熏天的兰花，是因为它在法国随处可见，容易识别，大小适度，器官特征明显，宜于用作实验。实际上，只消将火柴头伸入花中，轻轻插进蜜腺深处，即使一般的人也能看明白这种兰花受精的奥秘。此时碰到的袋囊，亦即蕊喙会下垂，现出支撑着两根花粉丝的小小的粘盘（Lorolgossum只有一个粘盘），这粘盘马上就紧紧地粘在火柴头上，包含着花粉团的两个容器随之纵向裂开；而当你将火柴抽出时，火柴头上会常有两个装得满满的角形酒瓶，它们的顶端都带着金黄色的花粉块。遗憾的是，这儿欣赏不到用阔叶兰做实验时两个角形酒瓶逐渐慢慢倾斜的那种奇妙景观。这种兰花的两个角形酒瓶为何不倾斜呢？只要将带有这两个小酒瓶的火柴头伸入附近兰花的蜜腺中，就会发现它们的倾斜没有意义，因为这种兰花比斑点红门兰和宽叶红门兰的花朵都大，当带有花粉的昆虫钻进去时，只有这两个小酒瓶不倾斜，才与其柱头处于同一高度，有利于使后者受精。只有选用完全成熟的花，实验才会成功。尽管我们不知道它何时成熟，但昆虫和花儿都知道，因为后者只有在其器官完全发育成熟、可以起作用之时，才会去邀请它所需要的客人，为它们提供花蜜。

十八

我们这些国家兰花的授精系统大体上就是这样。可是每一种、每一个家族,都根据各自的体验、各自的心理和各自的性格特征,对授精的细节加以变化和完善。比如最聪明的红门兰就在上唇瓣上增加了两把小梳子,用它们去将昆虫的吻管引向花蜜,认认真真地完成花儿期待于它的工作。达尔文极其确切地将这奇妙的附件比喻成有时用来往针眼里穿线的工具。另一项改进也很有趣:支撑着花粉丝在小水池中游动的两个小球,被一个马鞍形的黏性圆盘所取代。只要顺着昆虫的吻管必定会伸入的方向将针尖或猪鬃插进花心,就极易确认这一更加简单有效的设备的优越在。鬃毛刚一碰着小水池,后者就马上沿着对称线裂开,现出马鞍形的圆盘,而这圆盘立即就粘在鬃毛上。即使你迅速抽出猪鬃,你也会有充足的时间来观看这马鞍的美妙动作:它骑在猪鬃或针尖上,收拢下侧的两翼,将它的支撑物紧紧夹住。这动作的目的在于牢靠地固定马鞍,如同阔叶兰常见的情况那样,从而极其准确地保证花粉团柄必须的断裂。马鞍一抱紧鬃毛,马鞍上的花粉团柄便随着其收缩而断裂,紧接着又向鬃毛尖端移动,如同上文所考察的兰花的情况一样。这两个连贯的动作大约在30~34秒之间完成。

十九

人类的发明不也是像这样通过若干细微的改进和不断的完善而获得进步的吗?在当代最新的机械生产亦即汽车生产中,我们大家都在点火、汽化、分离和变速等系统中观察到许多细微但却不懈的改进。真的可以说，花儿的思维方式和我们一个样。它们在同样的黑暗中摸索，碰到同样的障碍，遭遇未知数的恶意捉弄。它们还了解同样的法则，体验同样的绝望，同样缓慢而又艰难地取得胜利。它们似乎还具有我们的耐性，我们的坚毅，我们的自尊心，与我们同样多姿多彩、丰富细腻的智慧，同样的希望和同样的理想。像我们一样，它们同巨大的冷漠力量作斗争，并且最终使之变成自己的助手。它们的创造性想象不仅同样以谨慎而又细致的方法发挥作用，不仅沿着同样坎坷不平的弯曲小径前进，而且像我们的想象一样，会产生出乎意料的飞跃，在惶诚惶恐的探索中突然达到终极的目的。兰科植物的一个伟大发明者的家族，古怪而又兴旺的美洲龙须兰，用一次勇敢的思想冲动就推翻了许多它显然觉得过于原始的方式。首先，它将性别截然区分开来：每一植株所开的花只具有一种性别。其次，花粉团再不将其团柄浸在粘盘中，而是处于颇为消极的状态，至少是缺乏主动性，等待机遇将它固定在昆虫的头上。不过，它装有强力弹簧，紧缩着身子躺在小帐篷里。没有什么特殊的东西会将昆虫吸引到这帐篷里来。美丽的龙须兰不像普通兰花那样打来访者的某些动作的主意，因为即使你能控制这些准确的动作，但毕竟一切都得碰运气。不，昆虫这回钻进的不是带有巧妙机关的花，而是真正赋有灵性的花，有感情的花。昆虫刚停在铺着青铜色丝绸的漂亮门坎上，它必然会碰到的兰花神经触须就令这花儿的整幢大厦产生震动。帐篷顿时裂开，在厚厚的粘盘里一直弯曲着的小脚——花粉团柄——获得自由之后，像弹簧一样猛然伸直，把与它连在一起的有着无数花粉的两个花粉块带走,猛力将粘盘发射出去。由于作了有趣的弹道学计算,粘盘总是首先飞出撞击昆虫,并固定在它身上。后者被撞得惊惶失措,迅速逃离这好斗的花儿,到附近的花里去寻找避难所,而这正是美洲兰花所期待的。

二十

还需要再谈一下另一个具有异国情调的兰花家族——杓兰对总的机制所作的有趣而又实用的简化吗?回想一下人类发明的曲折历程,就会发现二者的经验刚好形成有趣的对比。试想作坊里的机械师与实验室里的实验员有一天突然对老板说:我们能试着把一切都反过来做吗?我们能将机器反着开吗?我们能改变试剂的比例吗?进行试验之后,在未知的领域出现了意想不到的结果。可以认为,杓兰之间也进行过类似的谈话。我们大家都认识有"维纳斯拖鞋"美称的杓兰。这是我们温室中最有特色的花卉之一,堪称兰花的典型。它那巨大的下巴长得像拖鞋一样,一副凶相。杓兰勇敢地取消了它装有弹簧的花粉团、分岔的花粉丝、粘盘、精制的黏液等一整套复杂而又精密的设备。它的拖鞋状下巴和盾形不孕花药堵在花朵门口,迫使昆虫将自己的触须从两个小小的花粉块上伸进去。不过,这还不是问题的关键。最出人意料、最不寻常的是,与我们在其他品种兰花上所观察到的情况不同,杓兰的雌蕊亦即雌性器官并没有黏性，带有黏性的是花粉本身。花粉中的种子不是像粉尘一样飞散，而是包裹着一层可以拉成长长细丝的黏液。这种新的装置有什么优点和缺点呢？可以担心昆虫会把花粉带到其他物体而不是雌蕊上，而雌蕊也可以摆脱其分泌的液体会使其他任何花粉失去授精能力的责任。至少，这个问题需作专门的研究。人类工业中许多专利的实用价值也不是马上就获得的。

二十一

在结束对这种兰花的讲述之前，我们还要就它的一个辅助器官亦即蜜腺再说几句，因为它能使整个机制运行起来。它曾被兰花中的这种天才作为一系列探索、考察和实验的对象，其谨慎程度和多样化足与对关系国计民生的重要机关的管理所进行的经常性变更相媲美。

如同我们所看到的那样，蜜腺大致像一个长长的马刺或是花心里从花柄上长出的尖角，在某种程度上对花冠起平衡作用。它包含着蜜腺，亦即蝴蝶和鞘翅目等类昆虫吸吮的花蜜，蜜蜂则将这花蜜加工成蜂蜜。因此，蜜腺的责任在于吸引花儿所必需的客人。它迎合这些客人的体量、习惯与胃口。随时做好准备，以便昆虫将吻管伸进它；而昆虫只有逐一完成花儿的有机法则为它规定的仪式之后，才能将吻管抽回去。

我们对于兰花想象力的奇特性已有足够的了解，因而能够预见到，它们的发明、实践和观察天才像别的生物一样自由翱翔,甚至有过之而无不及,因为精细的器官比较容易发生变化。有一种兰花,比如隔距兰显然不会加工容易干燥的黏液,好让花粉块固定在昆虫的头上;于是回避了这一难题,更想妙计,让来访者的吻管尽可能久地停留在通往花蜜的窄缝中。它建造的这一迷宫是如此复杂,使得为达尔文画插图的出色画家鲍威尔不得不承认自己失败,无法再现这迷宫的景象。

有一种兰花,基于一切简化皆是改进这一重要原则,大胆地放弃了角状花粉块,用奇形怪状的肉瘤来取代它,这对于昆虫或许更有营养。是否有必要再补充说明,这些肉瘤排列得如此之妙,前来品尝它们的客人定会使整个花粉机制运作起来呢?

二十二

我们不想继续停留在上千种五花八门的小计谋上,而打算用一种大花吊桶兰使用的诱饵来结束花仙子的这些故事。我们真不知道这儿所说的到底是哪一类生物。这种奇妙的兰花想出了如下的妙计:它的下唇瓣形成一个类似于大吊桶的东西,这吊桶不断地往下滴近乎纯净的水珠,而这水珠是由位于上方的两个花粉团分泌出来的。当这吊桶装到一半时,里面的水就通过特殊的沟槽流出去。这种液压设备本身就相当了不起。可是这一设备还有令人惊奇甚至可以说是恐怖的一面。花粉团分泌出来并在铺满丝绒的水池中积聚起来的液汁并非花蜜,也决不是用来引诱昆虫的东西。它的使命更为神秘，完全是为执行这奇特花儿的阴险毒辣的计划。天真幼稚的昆虫受到上文说到的肉瘤散发的甜蜜香味的吸引，纷纷落入陷阱。这些肉瘤环绕着放在一间小屋里的吊桶，有两扇侧门可以进入屋中。飞来做客的胖嘟嘟的蜜蜂——这种巨大的兰花只引诱肥大的翅膜目昆虫，瘦小者不好意思进入如此宽敞、豪华的殿堂——开始津津有味地品尝这些肉瘤。如果来的只是一只昆虫，那么直到饱餐完毕，满意离去，它都既不会碰到水桶，也不会碰到雌蕊和花粉，也就不会发生符合花儿心愿的事来。可是聪明的兰花对其周围的喧嚣生活做过仔细的观察。它知道，蜜蜂所形成的部落人数众多，贪婪而又忙碌。它们在晴天一闻到亲吻似的花香，就会成千上万地出动，聚集在花朵门口，参加婚宴。两三只采蜜高手甚至进入了洞房。这房间狭窄，墙壁光滑，气得客人发了狂。它们东冲西撞，必定会有一只落入吊桶中，这正是以美餐为诱饵专为它们设的陷阱。这意外的洗澡使它弄湿了透明的漂亮翅膀，因而尽管它做了种种努力，还是无法飞走。而这正是阴险的花儿所期待的。神奇的吊桶只有一个出口：要么是道缝穴，要么是个沟槽，总之是供排泄多余的水用的。而这沟槽的宽度刚好可以让昆虫钻出去，但是此时昆虫的嘴部首先会碰到黏糊糊的柱头，随后又会碰到滑溜溜的花粉腺——后者一直在通道拱顶上等着它。它满身带着花粉，终于得救了；紧接着又钻进附近的花里去，于是，婚宴、相互碰撞、跌落、游泳和获救等场景又重演一遍——正是这出一再上演的戏，使被昆虫带走的花粉得以与焦灼等待的柱头相接触。

我们面前的花儿就是如此了解昆虫的脾气，并使之为自己效劳。不能说，这只不过是一种充满浪漫色彩的解释。不，我们所列举的事实经过了严格的科学验证，而别的任何方式都无法解释花儿各种器官的用途和位置。不能不同意显而易见的东西。这种离奇而又确然存在的计谋是如此令人惊奇，因为它并不急于满足迫不及待的直接的饮食需要，即使最迟钝的理智，这种需要也会将它磨炼得敏锐，它所关注的仅仅是繁衍种族的长远理想。

或许有人会问，这种种只会扩大风险的神奇的复杂结构有什么用处呢？我们且慢急于回答，做出判断。我们尚不知晓植物的所有道理。我们难道知道它在逻辑和简化方面所碰到的障碍吗？我们真正了解它的生活和成长的有机规律，哪怕只是其中的一条吗？若是有谁能从火星和金星的高度看到，我们想出了多少狡计来试图战胜空间，他或许也会问，所有这些丑陋而又奇怪的设备，所有这些气球、飞机和降落伞到底有什么用处？何不在手臂上装上有力的翅膀，模仿鸟儿轻松地飞行？

二十三

某种孩子气的虚荣心往往会对花儿智慧的这些证据表示反对：不错，花儿的确创造了奇迹，可是这些奇迹永远都千篇一律。每个品种的花都有其特殊的设备，可是这些设备代代相传，不会有任何改进。毫无疑问，自我们开始观察它们以来，换言之，在我们观察它们的五十来年中，我们并未发现盔花兰或龙须兰的陷阱有多少改进。这便是我们可以断言的一切，然而实际上这并不足以说明问题。我们是否进行过最基本的实验？我们是否知道，若是我们将这些奇妙的兰花游泳高手种植在新的环境中处于它们所不习惯的昆虫中间，在百年之内，它们会一代接一代地做出哪些事情来？再说，我们给各个种、属和变种所取的名字，只不过是对我们自己的欺骗；这样做只会产生我们觉得不会变化的臆想类型，而实际上，这些类型很可能只不过是同一种花的不同代表，而这种花仅仅是在随着环境的逐渐变化，而慢慢地改变自己的器官。花儿在我们地球上出现的时间早于昆虫。因此，随着后者的出现，它们必须使自己的一整套新的设备体系适应这些未曾预见到的同伴。除了我们尚不知晓的一切之外，单是这从地质学角度不可推翻的事实，就足以令我们相信进化的存在，而进化这一颇为模糊的术语在最终的分析中，岂不就意味着适应和物种变化的能力，以及智力的进步吗？

　　再说，即使不求助于史前发生的种种事件，也极易对大量的事实进行归类。这些事实证明，适应与智力进步能力并非人类所独具。我不想重复自己在《蜜蜂的生活》的几章中所作的详细探讨，只拟列举那儿引述的两三段文字。比如，蜜蜂发明蜂巢之事。在原始的野生状态下，在自己的故乡，它们生活在清新的空气中。只是由于我们北方气候多变和严酷，才使它们产生在岩缝和树穴中寻找栖身之处的想法。这一天才思想使得本当一动也不动地围着蜂巢使之保持必要温度的工蜂们，能够成千上万地去采集花蜜和照料蜂卵。常常可以看到，尤其是在南方，当夏天特别炎热时，蜜蜂又会恢复其祖先在热带的生活习惯。另一个事实是：我们的黑蜜蜂在移居澳大利亚和加利福尼亚之后，会完全改变自己的习惯。从第二或第三年开始，黑蜜蜂就知道夏天漫长，永远不会缺少花儿，于是每天采集花蜜和花粉时只够当时吃饱就行，不做更多的储备，因为它们充满智慧的新的观察战胜了世代相传的经验。在这方面，比希纳也举例证明，蜜蜂对于环境的适应并不缓慢，不需要上百年，也不是无意识和听天由命的，而是迅速和有意识的：在巴巴多斯，蜜蜂一年四季都能在糖厂中找到足够的糖，便根本不去拜访花儿。

最后想提一下蜜蜂对于吉尔比和斯彭斯这两位英国昆虫学家理论的有趣驳斥。这两位科学家说："若是有人能为我们指出这样的情况，即使只有一件，即蜜蜂在为环境所迫时，会想到用泥土和水泥来取代蜂蜡和蜂胶，我们也会同意它们有思考能力的观点。"

这两位科学家刚表示这一相当随意的愿望，另一位博物学家安德柳·奈特就把一种用蜡和松节油调制的特殊混合物涂在某些树上，进行实验。他发现，蜜蜂再不去采集蜂胶，而是满足于使用这种从未见过的新的东西：它们觉得这东西现成、充足，又离它们的住处不远。还想补充一点，在养蜂时如果花粉不足，只消给蜜蜂一些面粉，它们就会马上明白，面粉于它们有益；对它们的工作来说，面粉的用处可与花粉相比，尽管二者的气味和颜色截然不同。

我认为，关于蜜蜂所说的这番话若略加变动，恐怕也适用于花卉王国。在这方面，或许只消进行某些实验和有条理的研究，就足以证实鼠尾草等许多植物惊人的进化努力——当然，这些研究的条理性自然要比我这个门外汉所做的强。在等待这类实验期间，在容易搜集到的其他材料中，我从巴宾关于禾本科植物的有趣随笔中得知，某些移栽到远离故土的这类植物会注意到新环境的条件，并完全像蜜蜂一样予以运用。比如，在亚洲、非洲和美洲最炎热的地方，冬天不会消灭所有的植物；我们的禾本科粮食作物重又会恢复当初的本性，像野草一样一年到头都在生长。它们四季常青，用根繁殖既不抽穗，也不结种子。或许，它们当年从炎热的故土来到我们这冰天雪地的地方并且适应这儿的生活环境之后，不得不违背它们原来的习惯，想出新的繁殖方法。巴宾说得好："植物的机体似乎奇迹般地预见到这样的必然性：只有通过种子状态，它才不致在寒冷的季节里无影无踪地死去。"

二十四

至少，即使只证实一次，说明人类之外还可能存在智力的进步，便足以一劳永逸地消除上文所谈及的反对意见，正是这种意见使我们啰嗦了这么久。然而，对于这种陈腐观点的驳斥，除了让你感到高兴之外，关于花卉、昆虫和鸟儿本身的智慧问题，其实并没有多少意义。如果我们在谈论兰花和蜜蜂之时说，不是由植物和昆虫自己，而是大自然通过它们来计算、组合、装饰、发明和思考，这对于我们来说，岂不都是一样吗？但是实际上，主宰这些差异的是更为高尚、更加值得我们关注的问题。对于我们来说，认识我们地球上所发生的一切智力行为所由产生的特点机制、方式乃至总体智慧的目的，非常重要。从这一观点出发，对各种生物进行认真的研究，乃是我们力所能及的一种极其有趣的事情。即使我们研究的不是人，而只是蚂蚁和蜜蜂，也会极其鲜明地揭示这一天才的手段与理想。在进行了上述种种探索之后，我们或许就会懂得兰花的这些追求和智力手段，至少与具有社会生活的昆虫一样复杂、完美和令人惊叹。需要补充的是，这些不断处于运动当中、很难进行观察的昆虫的动机和逻辑大部分不为我们所觉察；而与此相反，性情温顺的花儿的不事张扬的动机，以及种种坚定而又智慧的判断，则容易被我们把握。

二十五

我们在对于大自然、对于花卉世界的总体智慧或世界性天才（称谓在这儿并没有多少意义）的事业进行观察的过程中，到底能够发现什么呢？我们能够发现许多东西。尽管这个问题值得我们进行长期研究，我们只能简单地说几句。首先，我们可以断言，植物关于美和欢乐的思想，它们的诱惑手段和审美趣味，与我们的非常相似。不过，如果说是我们效法它们，无疑更正确一些。实际上，若是说我们所发现的美仅仅只属于我们自己，这是相当值得怀疑的。我们的一切建筑和音乐题材，我们的一切色彩的和谐等等，都是直接从大自然借鉴而来的。且不说海洋、山川、蓝天、黑夜与黄昏，单是树木之美，就有多少话可以说啊！我这里所指的不是在森林中看到的树，这种树不仅是大地力量之一，或许还是我们的本能和我们的宇宙感最主要的源泉之一。我说的是树木本身，是活了上千年依然枝繁叶茂的树。在闪闪发光的泉水以及我们全部生活的幸福和安宁的最深层次所产生的印象之中，我们有谁能不有意无意地保存着对于某些美丽树木的回忆？当你跨过中年的界限，当你过完了充满惊奇的岁月之后，当你几乎看尽了艺术、天才、世纪与人生的繁华所能向我们展示的种种景观之后，当你体验了许许多多的东西并将它们进行比较之后，你会返回到最简单的回忆之中。那时，会有两三种纯洁、恒定而又新鲜的形象进入崇高的视野，你甚至想将它们带进你最后的梦中，如果说有什么形象能够跨越生与死的界限。至于我本人，我难以想象自己会进入这样的乐园，这样美妙的彼岸，那儿居然会没有圣波姆山上长的那种美丽的山毛榉，或是我见过的一株著名的柏树，或是我在佛罗伦萨见过的那株著名的华盖一样的五针松，抑或是荫蔽着我家附近的朴素教堂的五针松——这些树木向路人展示了种种伟大的精神动力的榜样：理所当然的反抗，平和的勇气，崇高的冲动，质朴的庄重，不事张扬的胜利与坚定不移。

二十六

不过，我已经扯得太远了。关于花儿，我只想说一点，当大自然希望变得漂亮、高兴和幸福的时候，它的做法几乎与我们完全一样，若是我们拥有它的那些财宝。我知道，我这样说时，颇有点儿像那位对上帝的神力感到惊诧的主教上帝总是让大河绕过大城市。可是，除了从世人的观点之外，很难从别的观点谈论这一切。而从人类的观点我们就得承认，若是不了解花儿，我们对于幸福的真正表现就会所知甚少。为了正确地评论欢乐与美的威力，应当生活在花儿绝对统治的国度中，生活在普罗旺斯的一角，希安和卢这两条小河之间，亦即我撰写此文的地方。在这儿，鲜花真正是山谷和丘陵的惟一统治者。在这儿，农民失去了种植庄稼的习惯，他们似乎命中注定该满足人类更为精雅的需要以甜蜜的芬芳为食粮。田野形成一个五彩缤纷的巨大花束，不断更换新花和新的香气，一年四季似乎都在澄明的空气中欢快地跳转圈舞。银莲花、紫罗兰、含羞草、堇菜、石竹、水仙、风信子、长寿花、木樨草、茉莉、晚香玉等花，春夏秋冬各逞芳姿，白天夜晚交替开放。不过，五月最辉煌的时刻毕竟属于玫瑰。此时，纵目看去，从山巅到谷底，在遍布葡萄园和橄榄树林的原野上，它们像花朵汇成的洪流从四面八方涌来，辉映着青春、健康与欢乐的色彩，而树木与房屋则似乎屹立于这绚丽的洪流之上。强烈而又清新的香气，飘向远方，飘向苍穹，似乎源源不断地出自幸福的甘泉。无论是大道还是小路都好似在由鲜花织成的地毯上刻成。这鲜花便是建造乐园的材料，令你平生第一次得饱眼福。

二十七

我们从人类的视角继续观看，保持着必要的幻想，发现一个接着一个。而新的发现不仅规模更大，风险更少，而且成果也更丰富，因为大地的精灵即是全世界的精灵，它在生存斗争中的表现，或许与人完全一样。它运用同样的方法，遵循同样的逻辑。它用来实现目的的手段也是我们可能会用的。它不断摸索、犹豫，多次尝试，补充新招，抛弃旧法，不断认识与修正错误——我们若是置身它的处境，恐怕才会这样做。它施展计谋，用心发明，艰苦卓绝，循序渐进，效法我们作坊里的工人和工程师。它像我们一样，同生活中不计其数的沉重、巨大而又险恶的势力作斗争。也像我们一样，不能确切地知道自己往何处去，而只能不懈地探索，慢慢地发现。它的理解经常是模糊的，但是，你毕竟还是能在其中发现它追求更加火热、更加复杂、更富于灵性的生活的基本特征。它可以支配的物质手段可谓无穷无尽。它掌握了我们所不知晓的奇特力量的秘密。然而在精神上，它却似乎严格处于我们的范畴之中；直到今天，我们也没有发现它逾越这一范畴。既然它并未从彼岸世界吸取什么东西，我们能否断言，在我们的范畴之外，什么也不存在呢？我们能否断言，人类智慧的方法是惟一可行的，人不会犯错误，他既不是例外也不是畸形儿，而是宇宙的伟大意志和伟大愿望的执行者和最集中的体现呢?

二十八

我们知识的支点是缓慢而又艰难地逐渐发现的。或许,我们已不再满足于柏拉图著名的形象比喻——其墙壁上呈现出难以解释的阴影的洞穴。不过,我们若是愿意用更加准确的新形象来代替它,这新形象或许会更令人感到慰藉。我们想象这是一个宽广的洞穴。想象没有一点亮光透入其中。不过,除了光与火之外,它却拥有我们的文明所创造的一切;而里面的人从出生的那一刻开始便成了俘虏。他们并不抱怨缺少光明,因为他们从未见过。他们不是盲人,他们的眼睛完好无缺,但却什么也看不见,正因为如此,他们的触觉可能会变得异常敏锐。

为了估量他们的行为,我们想象这些置身于黑暗中的不幸者周围有许多他们所不知道的东西。这时,会产生多少奇特的迷误、不可思议地背离真理的看法以及多少出人意料的解释啊!与此同时,他们对这些并非为黑暗所制造的物品的使用,又是多么令人感动,乃至往往富于天才啊!若是突然之间在阳光的照耀下,他们发现自己曾竭尽全力使之适应黑暗的不确定性的这些物品及设置的本质和用途,他们又会如何正确地理解,并表现出多大的惊奇啊!……

不过,同我们相比较,他们的处境似乎更为简单和容易。他们踌躇于其中的秘密毕竟有限。他们所缺少的仅仅是一种感觉，而我们则难以确定到底缺少多少种感觉。他们迷误的原因只有一个，而我们犯错误的原因则是不计其数。

若是我们被囚禁在那样的洞穴中，那么，确认这强迫我们的势力，或许是有趣的事情：这势力的所作所为，往往跟我们自己的一个样。在我们的洞穴里，光能使我们不致弄错那儿的种种物品的用途；而其中一部分光，我们得归功于昆虫与花。

二十九

长期以来，我们莫名其妙地感到骄傲，认为我们自己是奇妙的生物，天下第一，超越自然与想象，或许还是从天上掉下来的，与其他生命没有必然的关系，至少具有天才卓绝、无与伦比的巨大能力。若是不如此奇妙，或许更值得尊敬，因为经验向我们表明，在大自然的正常发展中，奇迹终究会消失。若是看到下面的情况，我们或许会更加感到慰藉：我们所遵循的，是这一伟大世界的灵魂所运行的道路；我们与这灵魂有着同样的思想、同样的希望、同样的体验和同样的感情；而且，只有我们才天生具有关于正义和慈悲的理想。可以相当平静地相信，我们用来改善我们的命运，用来使用物质力量、机遇与规律的手段，与大自然用来观照与整顿桀骜不驯和没有意识的生物所在领域的那些手段完全一样；不存在别的手段；我们生活在真实之中；我们在这个宇宙中占据着恰如其分的地位，居住在自己的家里；而这个宇宙由无数不可知的实体构成，其思维不仅并非不可洞察、对我们并无敌意,甚至同我们的思维相似与相符。

若是大自然无所不知,若是它从不犯错误,若是它在任何地方,在任何措施中都表现出在各方面都无可比拟地超越我们的智慧,我们或许就应当感到恐惧,丧失希望。那时我们或许就会觉得自己是某种异己力量的牺牲品和俘虏,无法去认识和衡量这一力量。但是我们更倾向于相信,这一力量至少在智慧方面是与我们的力量相亲相近的。我们的智慧所产生的源泉,也跟它的智慧所产生的源泉一样,我们都属于同一个世界,我们几乎是平等地生活。我们不再同高不可攀的神灵打交道,而是同弟兄般的意志交往,尽管这些意志是隐藏的;我们要想控制它们,就必须真正理解。

三十

我觉得,这样的断语并不过于荒唐:不存在智力高和智力低的生物,但存在到处弥漫的普遍智慧。它像宇宙流质一样,注入它在路途中遇见的一切机体,由于这些机体对精神的传导力有强有弱,它们所接受的智慧也有多有少。在这方面,人或许是迄今为止地球上对宇宙流质最少抗性的生命体现,而宗教将这种流质称之为神性。我们的神经或许就是这种精微的电流传播的导线。我们的脑回或许形成了某种能够扩大电流强度的感应线圈。就其本质而言,这电流本身与通过岩石、星辰、花儿和动物传导的电流或许是一样的,并且发自同一个源泉。

然而这一切都是秘密,而感受这些秘密乃是令人欢快的事情,因为我们并不拥有可以接受这些问题答案的器官。我们只好满足于观察这些智慧在我们身边的某些表现。对于我们在自己身上所观察到的一切,我们都有权认为是值得怀疑的,因为我们在这儿扮演的是双重角色:法官与诉讼当事人,而我们又太喜欢让幻想与美好的希望充斥我们的世界。可是,外界极其微小的智慧表现对我们都应当是非常珍贵的,并且是为我们所欢迎的。如果我们能够洞悉山川海洋和星辰的奥秘,那么,同它们向我们诉说者相比,花儿目前向我们展示的智慧或许微不足道。可是,花儿让我们有权极其令人信服地推测,源于它们并赋予一切物体灵性的精神,就其本质而言,与赋予我们的肉体以灵性的精神是同一的。若是它们模仿我们,若是我们也像它们,若是它们拥有的一切我们也有,若是它们能够适用我们的方法,若是它们具有我们的习惯、关切、追求和对美好事物的欲望,难道逻辑会阻止我们去希望我们大家都本能地、坚定不移地所希望的一切吗?难道不能基本上肯定,大自然的智慧也怀有同样的希望吗?当我们发现生活中弥漫着这种智慧的力量时,难道不能断言,整个生活都在创建智慧的事业,换句话说,整个生活都在追求幸福、完美的目的,战胜我们所谓的罪恶、死亡、黑暗和虚无。或许,这一切只不过是生活的阴暗面和噩梦?

(陈训明/译)

孤独的树

〔保加利亚〕埃林·彼林

一阵肆虐的狂风从遥远的树林里刮来两颗种子,随意将它们分撒在田野里。雨水将它们润湿,泥土将它们埋藏,阳光给它们温暖。于是,它们在田地里长成了两棵树。

最初,它们十分矮小,然而无心的时间把它们高高地拉离地面。它们便能眺望得比从前远多了。

它们也能彼此看见了。

田野十分辽阔,直到那葱绿的平原的尽头,也看不到任何其他的树木,只有这两株远远分隔着的树,形影相依地伫立在田野中间。它们的枝丫纵横交错,仿佛是些用来丈量这旷野的奇怪的标尺。

它们遥遥相望,彼此思念,彼此倾慕。然而,当春天来临,生命的力量给它们温暖,充盈的液汁在它们体内流动起来时,它们心中也勾起了对那永存的,同时也是永远离开了的母林的思念。

它们会心地摇动着树枝,相互默默地打着手势。当一只小鸟像一种心念从这棵树飞到那棵树的时候，它们就高兴得战栗了起来。

狂风暴雨来临时，它们惶恐地东摇西摆，折断了树枝，呜呜地呻吟叫喊，仿佛想挣脱地面，双方飞奔到一起，紧靠支撑，并在相互拥抱中获得解救。

夜晚到来，它们消失在黑暗中，重新又被分隔开来。它们痛苦得如同病魔缠身，它们祈求地仰望天空，期望快快给它们送来白日的光辉，以求再能彼此相见。

如果猎人和干活的人坐在它们其中一个的影子下休息，另一个就忧伤地喃喃低语，沉痛地诉说孤独的生活多么苦恼，离开亲人的日子过得多么缓慢、沉重、没有意义。它们的理想因得不到理解而消失；它们的希望因不能实现而破灭；找不到慰藉的爱情多么强烈，没有亲情的处境多么难以忍受。

（陈九瑛/译）

铃兰花

〔南斯拉夫〕普·沃兰兹

紧挨着我们家的地头有一块怕人的、黑黢黢的洼地，大家都管它叫"地狱"。它三面由陡坡环绕，活像一口深锅，只有一个隐没在晦暗、神秘的密林里的出口。山坡上长满了杂乱的灌木、黄檗、千金榆幼树、乌荆子、野樱桃树和一些乱七八糟的玩意儿。林丛间荒草蔓生，它们只宜于作羊饲料。在这里你可以找到扫石楠、蕨草、木贼、藜芦和其他一些无用的野草。"地狱"里人迹罕至，阴阴森森，人们来到这里，心都会不由自主地紧缩起来。那里唯一有生命的东西是一眼泉水，它从洼地底层布满青苔的山岩下涌出来，经过一段不长的曲折流程，流到外边的广阔天地里，然后在那里消失。泉水的淙淙声响彻整个洼地。这种水流的喧闹声被三面陡坡折回来，在森林中回荡，变得更响了。溪流日夜不息的声响给这个阴森可怖的地方蒙上了更神秘的色彩。

乍一看，你会觉得从这样的地方不会有任何收益，父亲白白地租了这块地。说真的，"地狱"确实没有什么大用，不过偶尔从那里能割来一两车垫牲畜栏的干草。父亲急需连枷杆和耙子把时，也到"地狱"去找。用"地狱"的千金榆作连枷杆，或用黄檗作耙齿，比其他地方的更结实耐用。

不过，那地方还是用来放牧最理想。"地狱"里的草虽然长得不高，但多汁，牲口很乐意吃。

我打从记事的时候开始就害怕这个地方。这首先应该归咎于它的名称。当父母对我进行基督教的启蒙教育时，我便从他们那里听说过地狱；当我扯着母亲的长裙上教堂的时候，教堂里也谈到过地狱。在我幼小的心灵中，我们当地的"地狱"简直和真正的地狱一模一样，只不过在它的深处少一堆不熄灭的大火罢了。我总觉得我们的这块洼地有点像真正地狱的入口，有一扇暗门直通到里面，这扇门不是隐藏在洼地的底部，便是在出口处林木丛生的沟谷里。我每次总是恐惧万端地走近这个地方，然后又尽快跑开。

有这么一次，那时候我还不到六岁，父亲要我到那里去放牧。这对我真是一个非常可怕的考验，因为在这之前我还从未独自一人去过那里。当时我真想大哭一场。父亲看出了这一点，他笑了笑，给我打气说：

"这个'地狱'里没有鬼。快去吧！"

母亲心疼我，赶紧来安慰我。

"你没看见吗，他怕'地狱'呀！"她对父亲说。

然而，我并没有因此而得到怜悯。我只好赶着牲口，尽量放慢脚步，一点点走近这个可怕的地方。我本来打算把牲口停留在山坡上，这不过是枉费心机。一瞬间牲口群便隐没在洼地里了。我无可奈何,只好跟着下去,生怕那几头母牛会从沟谷走进树林里去。

我就这样战战兢兢地在"地狱"的底部坐下来,也不敢回头好好地看看四周。响彻着整个洼地的淙淙声使我觉得好像有人在耍妖术。这里没有任何东西能使我高兴,纵然我喜欢家乡的涓涓溪流,常常在上面修筑水坝和磨房,然而这小溪也不能给我带来欢乐。我越来越害怕,都被吓呆了,终于控制不住,大声哭叫着从这里跑开了。跑到上面我还收不住脚步,一直顺着田野,泪流满面地朝父母正在耕种的地头跑去。

"出什么事了?"父亲大吃一惊。

"牲口不见了,所有的牲口……"

父亲的脸色陡然变得铁青,接着温和地挥了挥手说:

"没什么大不了的事。我们一起去看看。"

我怀着沉重而内疚的心情跟在父亲背后,慢吞吞地向"地狱"走去。来到可以看到整个洼地的坡坎上,父亲一眼就看到这个小小的畜群还在低处。他十分惊讶地收住脚步,开始点数:

"一、二、三……九……"九头牲口都在下面老老实实地吃青草。

"你这是怎么搞的,做梦了吧,小伙子?"父亲觉得很奇怪。但刹那间他像是悟出了我撒谎的缘由,怒气冲冲地一把揪住我的头发,顺势往坡下一推,我便朝下滚去。

"你撒谎,就叫你入地狱!"

我好不容易才听出父亲说了些什么,因为恐惧又攫住了我的心。我号啕大哭,把眼泪都哭干了,但是浑身仍哆嗦了好一阵,一直也平静不下来。我睁着一双哭肿了的眼睛,看见牲口也都抬起头,在莫名其妙地看我。被父亲戳穿的谎言使我不能平静。我又可怜,又感到绝望,只好揪着心等待回家时刻的到来。离天黑还有很长时间,我把畜群从低处赶到坡上,在那里一直等到夜幕降临"地狱"的阴森森的底层。

回到家的时候,我哭成了个泪人儿,狼狈得很。父亲笑了,母亲却说:

"以后你不要再叫他去'地狱'了,他年纪还小呢,要是吓出毛病来,一辈子可就成了傻瓜。"

打这以后,果真不再叫我到"地狱"去放牧了。不过我对这个地方依旧像当初那样惧怕。

有一次,正好是星期六黄昏,父母坐在我们家的门槛上,若有所思地翘首望着春天晴朗的天空,母亲深深地叹了口气说:

"哎呀,我真想明天带一束铃兰上教堂,可惜哪里也找不着。"

"是呀,眼下找铃兰是晚了一些。要有也就是在'地狱'里了。"

一听到"地狱"这两个字,我全身不禁打了个寒战。我好容易等到父母起身闩门,然后上床睡觉。夜里我久久不能入眠,这个可怕的地方老在我眼前浮现。在我内心深处却回响着母亲的叹息声。铃兰花和"地狱",这是多么不相容的两件事物啊!我特别喜欢铃兰,寻遍了我家前后的所有坡地和沟谷。

可我却不知道它们也长在"地狱"里。

早上我起得格外早。准是我在梦里出过大汗,所以身子还是湿淋淋的。我通常都是一早就去放牧。天天早上都要别人把我叫醒,然后把我从被窝里拽出来。今天我可是自己起的床,踮着脚就出了家门。父亲和母亲还在酣睡,因为今天是星期日。

我来到院子里站下,仿佛还处在半睡不醒的状态之中,充满了一种惬意而奇妙的责任感,尽管这对我还是下意识的感觉。春日的早晨已经到来,真正的夏天也不远了。远方的波霍尔耶山背后,火红的朝霞烧红了半爿天,朝阳眼瞅着就要擦出它圆圆的脸蛋了。阳光照到佩查山顶,给它抹上了一层绛紫色。青草、树木和灌木林上都披覆着露水,它们现在还只是忽闪忽闪地微微发亮,等到旭日东升,它们在阳光下黄澄澄的像金粒和珍珠那样闪光时,又会有另外一番景象。远方的晨雾缓缓移动,仿佛大自然背负着沉沉的重担。

蓦地,恰似有一股神奇的力量使我又重新迈开步子,穿过地头,径直向"地狱"走去。我从坡坎上恐惧地往昏暗的洼地瞥了一眼,为了不看它,就紧闭着双眼往下走,心里盘算着在底部的山岩旁一定会找到铃兰花。一直走到了底部,我才睁开眼睛。

我看见了许多芬芳馥郁的铃兰花,于是动手大把大把地采起来。就是在这种情况下,也没有向四周张望的勇气,我怀着一种兴奋而难过的心情,谛听着潺潺的流水,和它那叫人不寒而栗的回声,这声音在清晨的宁静里听起来比平日更响。我捧了一大把铃兰花,赶紧走出了"地狱"。我一口气往家里跑去，等跑到家，刚赶上母亲正要出门。

这时，天边的红日已经把它的第一束光辉投进我们家的院子，把院子装扮得绚丽多彩。母亲伫立在霞光里，周身通红，漂亮极了，犹如下凡的天仙。我捧着铃兰向她跑去，一边还得意地大喊着：

"妈妈，妈妈……铃兰……"

我沉浸在幸福和无限喜悦之中，更显得容光焕发。

母亲的脸上也漾起了欣喜的微笑；她满心高兴地伸手接过花束，捧到脸边。但在吸进那浓郁而清新的花香之前，她先看了看我。

"你为什么哭，我的孩子？……"

我刚才因为害怕而涌出的大颗泪珠还噙在眼里，但陶醉在胜利之中竟把它忘得一干二净了。母亲猜到了我的壮举，她慈祥而温和地摸了摸我的头。

（栗周熊/译）

草莓

〔波兰〕雅·伊瓦什凯维奇

时值九月,但夏意正浓。天气反常地暖和,树上也见不到一片黄叶。葱茏茂密的枝柯之间,也许个别地方略见疏落,也许这儿或那儿有一片叶子颜色稍淡;但它并不起眼,不去仔细寻找便难以发现。天空像蓝宝石一样晶莹璀璨,挺拔的槲树生意盎然,充满了对未来的信念。农村到处是欢歌笑语。秋收已顺利结束,挖土豆的季节正碰上艳阳天。地里新翻的玫瑰红土块,有如一堆堆深色的珠子,又如野果一般的娇艳。我们许多人一起去散步,兴味酣然。自从我们五月来到乡下以来,一切基本上都没有变,依然是那样碧绿的树,湛蓝的天,欢快的心田。

我们漫步田野。在林间草地上我意外地发现了一颗晚熟的硕大草莓。我把它含在嘴里,它是那样的香,那样的甜,真是一种稀世的佳品!它那沁人心脾的气味,在我的嘴角唇边久久地不曾消逝。这香甜把我的思绪引向了六月,那是草莓最盛的时光。

此刻我才察觉到早已不是六月。每一月,每一周,甚至每一天都有它自己独特的色调。我以为一切都没有变，其实只不过是一种幻觉！草莓的香味形象地使我想起，几个月前跟眼下是多么不一般。那时，树木是另一种模样，我们的欢笑是另一番滋味，太阳和天空也不同于今天。就连空气也不一样，因为那时送来的是六月芬芳。而今已是九月，这一点无论如何也不能隐瞒。树木是绿的，但只需吹第一阵寒风，顷刻之间就会枯黄；天空是蔚蓝的，但不久就会变得灰惨惨；鸟儿尚没有飞走，只不过是由于天气异常地温暖。空气中已弥漫着一股秋的气息，这是翻耕了的土地、马铃薯和向日葵散发出的芳香。还有一会儿，还有一天，也许两天……

我们常以为自己还是妙龄十八的青年，还像那时一样戴着桃色眼镜观察世界，还有着同那时一样的爱好，一样的思想，一样的情感。一切都没有发生任何的突变。简而言之，一切都如花似锦，韶华灿烂。大凡已成为我们的禀赋的东西都经得起各种变化和时间的考验。

但是，只需去重读一下青年时代的书信，我们就会相信，这种想法是何其荒诞。从信的字里行间飘散出的青春时代呼吸的空气，与今天我们呼吸的已大不一般。直到那时我们才察觉我们度过的每一天时光，都赋予了我们不同的色彩和形态。每日朝霞变幻，越来越深刻地改变着我们的心性和容颜；似水流年，彻底再造了我们的思想和情感。有所剥夺，也有所增添。当然，今天我们还很年轻——但只不过是"还很年轻"！还有许多事情在前面等着我们去办。激动不安、若明若暗的青春岁月之后，到来的是成年期成熟的思虑，是从容不迫的有节奏的生活，是日益丰富的经验，是一座内心的信仰和理性的大厦的落成。

然而，六月的气息已经一去不返了。它虽然曾经使我们惴惴不安，却浸透了一种不可取代的香味，真正的六月草莓的那种妙龄十八的馨香。

（韩逸/译）

樱 桃

〔阿尔巴利亚〕米洛什·米吉安尼

樱桃成熟了,通红通红的,像年轻的山区女人的血液。而在山区女人的心房下面,爱情的果实也成熟了。山区女人坐在自己茅屋的门槛上,在她苍白的面孔上有着鲜红的嘴唇,就像枝上的樱桃一样。

樱桃长得多好啊!累累的果实把树枝都坠得垂下来了,随时都有折断的危险。山区女人心房下的重荷使她感到很难受,她无力站起来去折樱桃枝……

樱桃树和山区女人都因自己的果实变得沉重了,大自然对她们满意地微笑。

但是谁看见了大自然的微笑呢?山区女人想尝尝鲜红的果实以解除饥饿,因为她早就没有玉米了。剩下的一点玉米是做种子用的。明天就要把它们撒到地里,等待新的收成。

唉,能吃点樱桃也好!这个有如生气蓬勃的春天的山区女人,这个有着像天空一样蔚蓝色的眼睛,有着像樱桃一样鲜红的嘴唇的山区女人,在忍受着痛苦……她在忍受着饥饿的痛苦。她的眼光是困倦而忧郁的。整个世界都使她感到憎厌,但她并不憎厌生活。在没有粮食吃的贫困中,生活在她看来仍然是可爱的。

生活本身带来了欢乐和微笑。还有一种欢乐,即夜晚的欢乐,征服了这个山区女人。夜间来到了,丈夫在床铺上抚爱她,她忘记了白天的痛苦,醉人的欢乐解除了饥饿。夜晚的欢乐在她身上产生了果实,变成了沉重的,但却是幸福的重荷,重荷紧连着她的心。她看着樱桃,但是没法把它摘下来,樱桃挂得太高了。去年她是自己摘樱桃的,她毫不费力地爬到树上,而当看见丈夫的时候,就跳到地上,因为她衣服穿得不整齐。

山区女人在沉思,由于弄不到樱桃而发愁。但当她想到弄不到樱桃是由于身怀重荷,而身怀重荷的原因又是由于夜晚的欢乐,她的烦恼就消失了,代之以愉快的感觉。唉,夜晚,夜晚!可爱的黑暗的夜晚。年轻的山区女人这样想着,她的思想是单纯的,就像她青年时代的愿望一样单纯而自然。

面色忧郁的老婆婆站在茅屋的门槛上,眯缝着眼睛,春天的光亮使她睁不开眼。年轻的女人想说摘樱桃的事,但是她感到害羞。她站起来,慢慢地,有如风平浪静的天气里的小帆船,向樱桃树走去,拿着一根长杆子,想把樱桃树枝打断。但是她未能成功。她浑身出冷汗,抛掉杆子,坐在樱桃树下的地上了。站在门槛上的老婆婆没有看到她的这番努力,她解开脏得像冬天的天空似的衬衣的纽扣,在那儿数钱,也许,在做别的什么事情。钱!……哪里来的钱呢?因此,一定是在做别的什么事情。媳妇眼看着,心想将来她也会变得像这位老婆婆或列支·麦塔的。列支·麦塔过去就像一棵苗壮的橡树，而现在老了。他经常来，用淫荡的眼光看着她，说些猥亵的话。而丈夫、婆婆却在一旁笑。难道在他晚年的时候这些话对他能有所慰藉吗？

山区女人叹口长气，腹内一阵剧烈痛。"如果是个女孩还不错……上帝保佑！……而如果是个男孩呢，也没有什么……等他长大了，挣一袋钱，替自己买个老婆。"

"妈妈！"

"干什么，孩子？"

"我丈夫快回来了吗？"

"他到哪儿去了？"

媳妇的眼光没离开樱桃树，饥饿在折磨着她。由于饿，她最后的一点气力也失去了。

"妈妈！你能不能替我摘点樱桃，我非常想吃东西。"

"我不能够，孩子，等你丈夫回来吧。"

媳妇感到自己的心在收缩。她发出了呻吟声。身体内有什么东西在颤动。憎恨，无对象的、无情的憎恨涌上心头，扼住了她的喉咙，紧压住她的心，总也不肯松开……只有当她苍白的面孔上泪如雨下的时候，憎恨心才缓和下来。

一个饥饿的、不幸的、怀孕的妇女，她能不能把孩子生下来？她的孩子能不能成为大自然的爱子？

在贫穷中受孕和生下来的孩子是注定要过穷日子的。他获得的遗产是苦难和贫穷，随着苦难和贫穷而产生的便是憎恨心。

他带着憎恨心出生。憎恨可以使他成为强盗或盗贼。而强盗就是强盗！他的命运就是抢劫和燃烧建筑在国家法律基础上的房屋。而为此他将要遭到怎样的惩罚呢？

"要我的命吧！你再也不会从我身上逼出什么东西来的！"被关在燃烧着的火圈内的强盗喊道。

山区女人坐在地上呻吟。老婆婆慢慢地向她走去。在母亲的痛苦的号泣声里很快就加入了婴儿的哭泣声。他向世界宣称他的出现，在宇宙的这个不受注意的角落里，他向人类宣告自己的到来。人们向年轻的母亲祝贺说："他会讨一碗饱饭！"先生们，你们喜欢不喜欢这个祝贺？如果你们新生下孩子时碰到这样的祝贺，你们该怎样呢？

春天的大自然在欢笑，因为鲜红的樱桃成熟了，穷人的孩子出生了。

（裴培/译）

第五辑

树林和草原

〔俄国〕伊凡·屠格涅夫

……于是开始渐渐地吸引他

归去:到乡村去,到浓荫蔽日的花园里去,

那里菩提树巍峨参天。绿阴一片,

铃兰花散发出贞洁的芳香,

那里一行圆冠的杨柳,

从堤岸上覆盖着水面,

那里茂密的橡树耸立在茂草丛生的田地上,

回到那里,回到广袤的原野,

那里的黑土柔软如绒,

无论您放眼何处,

那里的黑麦都荡漾着轻柔的波浪。

从那透明、洁白的云团里,

沉甸甸地射出金色的阳光;

那里多么美好……

(摘自待焚的诗篇)

也许，读者对我的笔记已经感到厌烦了。赶快告慰他，除了这里发表的几个片段外，我不再写什么了。但是，和他分别之际，我不能不说几句关于打猎的话。

扛着猎枪，带着猎狗去打猎，这件事单独本身，正像古时候说的fur sich（德语，单独本身），是很美妙的事情。即使您生来并不是个猎人，但您总会热爱大自然吧，所以您不可能不羡慕我们这些兄弟……请您听着吧。

比如说，您知道春天里黎明前乘车外出的乐趣吗？您走到台阶上……深灰色的天空里几处地方闪烁着星星，湿润的风儿时而像微波似的荡来，听得见压抑的、模糊的夜声，笼罩在浓荫里的树木的低声絮语。仆人把毛毯铺在马车上，把装着茶炊的箱子搁在脚边。拉车的马儿瑟缩着身子，打着响鼻，神气地捣动着蹄子，一对刚刚醒来的白鹅，默默地蹒跚着穿过道路。篱笆后的花园里，看守人安宁地打着鼾声。每一声仿佛都停留在凝滞的空气里，滞留不散。现在您坐到车子里，马儿一下子动身了，马车辚辚地碾过大地……您乘着车子，经过教堂，到山脚下向右一拐，驰过堤岸……池塘刚刚开始蒸腾起雾气。您稍感寒冷，您翻起大衣领子遮住脸面，您打着瞌睡。马儿哗哗地趟过水洼，车夫打着口哨。您大约走了四俄里……天边发红了。乌鸦在白桦林中醒来，笨拙地飞来飞去。麻雀在黑的草垛附近吱吱喳喳叫着。空气发亮了，道路明显了，天空明朗了，云彩泛白，田野翠绿。农舍里的松明燃烧着红色的火焰，听得见门后喃喃着睡眼惺忪的语声。这时候朝霞灿烂，金色的光带已经弥漫天际。峡谷里水汽氤氲，云雀在嘹亮地歌唱，黎明前的风儿吹拂着——于是鲜红的太阳悄悄地升起。光明潮水般泻来。您的心儿像鸟儿似的扑腾着。新鲜,欢乐,美好!周围视野辽阔。瞧,丛林后面有个村子。再远处是建有白色教堂的另一个村子。山上有座小白桦林,林后就是您要去的沼泽地……快点吧,马儿,快点吧!迈开大步往前冲!……至多只有三俄里了。太阳迅速升起,天空澄碧无云……是个出色的天气。一群牲口从村子里向我们迎面走来。您登上了山顶……多美的景色!河流蜿蜒,绵延长达十俄里左右;穿越雾气,它呈现出暗蓝的色泽。河那边是水灵灵的绿色草地,草地那边耸起倾斜的丘陵。远处有几只凤头麦鸡啼叫着,盘旋在沼泽上空。穿越流泻于空中的湿润的光辉,远处的地平线清晰地呈现了出来……现在不像夏天那样。胸脯呼吸得多么自由,四肢活动得多么有朝气,感受着春天清新的气息。浑身觉得多么健壮!……

夏天七月的早晨!除了猎人,谁能体验到黎明时分流连于灌木林中的乐趣?缀满白露的草地上,留下您一行绿色的足迹。您拨开潮湿的灌木,夜里蕴蓄起来的一股暖气向您袭来。空气里充溢着艾蒿清新的苦味、荞麦和三叶草的甜味。橡树林像一座墙似的耸立在远方,在阳光下闪烁、发红。虽然清凉,但已感到热气的来临。浓郁的芳香,熏得脑袋懒洋洋地晕眩起来。灌木林没有尽头……只是在远处几个地方,可以见到正在成熟的发黄的黑麦,一小畦一小畦发红的荞麦。马车轧轧作响。农夫缓步踱来,预先把马牵到树阴下……您跟他打了一声招呼,继续前进——在您身后响起了镰刀的铿锵声。太阳愈升愈高。草上的露水很快就被晒干了。已经感到炎热了。过了一小时,又一小时……天空的边沿开始发暗。凝然不动的空气里,喷射出刺人的闷热。

"兄弟,哪儿可以弄点水喝?"您问一个割草人。

"那边,山谷里,有眼井。"

越过杂生着野草的、密密的榛树林,您下到谷底。不错,紧挨在悬崖下,藏有一泓清泉。橡树林贪婪地伸展开它那茂密的枝梢,覆盖着泉水。大颗大颗银白的水珠,晃动着,从铺着一层轻绒似的苍苔的水底冒上来。您趴到地上,您喝个够,但您懒得动弹了。您躺在阴凉里,您呼吸着芳香的湿气。您感到舒服,可是您对面的灌木林,在阳光下炙烤着,仿佛变黄了。这是什么?风儿突然吹来,猛刮过去。周围的空气振动了:这是雷声吧?您从山谷里走出来……天穹里为什么出现铅灰色的云带?天气是否更加郁闷了?乌云是否要涌来了?……瞧,闪电微弱地亮了一下……哦,雷雨要来啦!周围还普照着阳光,还可以打猎。但是乌云膨胀起来了,它的前沿像只袖子似的伸展开来,又像穹窿似的弯垂下来。青草,丛林,一切都突然变暗……快走!瞧,前面仿佛是座草棚……快走!……您奔跑着,走进去……多大的雨,多亮的闪!有几处雨水渗过草屋顶,滴落在香喷喷的干草上……现在太阳又照耀起来。雷雨过去了,您走出来。我的天啊,周围的一切闪出那么愉悦的光彩,空气多么清新澄澈,草莓和蘑菇多么芬芳!……

但是,傍晚临近了。晚霞像大火似的烧燃着,弥漫了半个天空。夕阳快落山了。附近的空气显得特别透明,仿佛水晶一般。远处降下来轻柔的、显得暖和的雾气。红光和露水一齐降落到林中空地上,这里不久前还沐浴在熔金般的光焰之中。树木、丛林、高高的草堆,都投下了长长的影子……太阳完全隐没了。星星眨着眼睛,在落霞的火海里颤抖……天空的颜色淡了,青了。孤零零的影子消失了,空气里弥漫着雾气。是归去的时候了,回到村里,回到您夜宿的农舍。您把猎枪背到肩后,尽管疲惫不堪,还是快步走着……这时夜幕降临,已经看不清二十步外的景物,黑暗中猎狗依稀可见。在那黑的丛林上面,天边模模糊糊地明亮起来……这是什么?是火灾吗?……不,这是月亮升起来了。瞧,下面右前方,已经亮起了村里的灯光……终于走到了您的农舍,透过小窗,您看见了铺着白桌布的餐桌,点亮的蜡烛和晚餐……

有时您吩咐套上轻便马车,到林子里去猎松鸡。驰过高高的黑麦田中间的小路,多么欢快。麦穗轻拂着您的脸,矢车菊绊住您的腿,周围的鹌鹑鸣叫着,马儿迈着懒洋洋的步子。树林子到了。阴凉,宁静。端庄匀称的白杨树,高耸在您的头上絮语;白桦树细长、纷披的枝梢,轻轻摇动;魁梧的橡树,像战士似的,挺立在秀美的菩提树旁边。您驰过绿影斑驳的小路,黄头大苍蝇停滞在金色的空气里,又倏地飞去;蛾子上上下下飞旋着,在树阴里显出白影,在阳光下显出黑影。鸟儿安闲地叫着。饶舌的鸲鸟的金嗓子,天真烂漫地欢叫着:这种鸟语,正好和铃兰花的芳香互相配合。继续前进,继续前进,深入到林子里去……林中万籁无声……一种不可言说的静谧,袭上心头。周围是如此充满睡意,一片寂静。吹来了一阵风,于是树梢喧哗起来,宛如涛声一般。拱开去年的黄叶,这里那里长出了茂草。各种蘑菇，分别顶着自己的小帽子。蓦地蹿出一只雪兔，猎狗汪汪吠叫着，跟踪追去……

深秋，当山鹬鸟飞来的时候，这同一座林子变得多么迷人！山鹬并不栖息在密林深处，得沿着林边去寻找它们。没有风，也没有阳光，没有树阴，草木不动，无声无息。柔和的空气里，弥漫着秋天那种类似葡萄酒味的香气。远处黄澄澄的田野上，笼罩着薄雾。穿过脱尽叶子的、棕褐色的树枝，可见一片宁静的天空。这里那里，菩提树上挂着最后几片金色的树叶。潮湿的泥土踩下去富有弹性。高高的干草一动不动。在颜色变淡的草叶上，闪烁着长长的游丝。胸口呼吸自然，可心底袭来一种莫名的不安。您走在林边，眼睛盯着猎狗，同时回想起了心爱的形象，心爱的人物，死去的人和活着的人。早就淡忘的印象，突然清晰起来。想象似小鸟一般展翅飞翔，一切如此鲜明地呈现在眼前。心儿一会儿突然怦怦跳动，热切地向往着未来，一会儿又不可挽回地沉湎于回忆之中。整个一生像一卷手稿那样，轻易地迅速展开。此时人掌握了他的一切往事，全部感情、力量，整个自己的灵魂。周围没有什么东西妨碍他——既没有太阳，也没有风儿，没有声音……

而在晴朗的、稍稍有点寒冷的、早晨结有冰霜的秋日里，白桦树像神话中的树木那样，浑身金光闪闪，在蔚蓝色的天幕下，呈现出美丽的剪影；低低的太阳已不炎热，但却比夏天照得更明亮；不大的白杨林透明地闪耀着，仿佛它脱尽了叶子更觉得轻松愉快；霜花还在山谷底部银光熠熠，清新的风儿轻轻地吹赶着蜷缩的落叶，河上欢奔着蓝色的波涛，有节奏地托起散游在水面上的鹅、鸭；远处柳树掩映的磨坊轧轧作响，鸽群在明朗的天空中闪闪发光，迅速盘旋于磨坊之上……

　　夏天有雾的日子也很美妙，虽然猎人们并不喜欢它们，在这样的日子里不能打枪：鸟儿刚从您脚下飞起，立刻就消失在白茫茫的、凝然不动的雾霭之中。可是周围的一切多么宁静，一种不可言说的宁静！万物都已醒来，万物沉寂无声。您经过一棵树木，它一动不动，清闲自在。透过弥漫在空中的薄雾，在您面前呈现一长条黑糊糊的带子。您把它当作是附近的林子。您走过去，林子变成了田埂上一垅高高的蒿草。您的周围上下——到处是雾……可是吹来一阵轻风，一小块淡蓝的天空，穿越薄如烟云的雾气，模模糊糊地露了出来；一缕金黄色的阳光蓦地闯入进来，长长地流泻着，照耀着田野，照射着丛林——旋即一切又归于云山雾罩。这一较量持久地进行着。但当光明终于取得胜利，最后一团团蒸热的雾气或像布幅似的铺展开来，或盘旋而上，消失在阳光和煦的高空里之后，天气变得无法形容地美好、晴朗……

　　现在您收拾行装，到远离庄园的旷野去，到草原上去。您在乡间土路上走了十来俄里，终于走上了大道。经过望不见头尾的大车队，经过大门洞开、门前有口井、檐下茶炊咝咝作响的小客店，驰过无边无际的田野，沿着翠绿的大麻田，从一个村子到另一个村子，您长时间地乘车前进。喜鹊在柳丛里飞来飞去。手拿长耙子的农妇，在田野里蹒跚着步子。一个行路人穿着破烂的土布外套，肩上背着行囊，疲惫不堪地踯躅着。地主家笨重的马车，套上六匹疲乏的高头大马，向您迎面驶来。

车窗里露出一角坐垫。身穿大衣的仆人,手拉着绳子,铺着蒲包,侧身坐在马车后面的脚蹬上,浑身溅满了泥浆。前面是一座小县城,倾斜的木板小屋,很长很长的栅栏,商人们空关着的石头房子,深谷上架起的古老的桥梁……向前,向前!……进入了草原地带。从山上眺望,多美的景色!一座座低矮的丘陵,被农夫们耕种到顶部,像巨浪似的起伏着。灌木丛生的山谷蜿蜒其间。星散各处的小树林子,像一座座椭圆的绿岛。一条条小径从村子通向村子。礼拜堂的白墙很醒目。小河在柳丛中闪闪发光,有四个地方筑上了堤坝。远处田野里鹤立着一行野鸟。在小池塘边,建有一所老式的贵族宅院,附有库房、果园和打谷场。但您继续前进。丘陵越来越小,树木几乎看不到了。终于,您来到了一望无际的草原!

而在冬日里,您可以跨越雪堆去追逐兔子,呼吸凛冽、刺骨的空气,软雪炫目的反光使您情不自禁地眯起眼睛,您可以欣赏有点儿发红的林子上面蓝色的天空!……而在初春的日子里,周围的一切在闪烁,在融化;透过融雪的重雾,已经蒸腾起大地的热气;在化雪的上空,斜射的阳光下,云雀安详地鸣啭着;春水在欢笑、在喧闹,从山谷向山谷奔流……

不过,现在应该结束了。我顺便提到了春天,春天容易离别,春天召唤着幸福者奔向远方……别了,读者。我祝您永久平安。

(张守仁/译)

牛蒡花

〔俄国〕列夫·托尔斯泰

我穿过田野回家,正是仲夏时节。草地已经割完了,黑麦刚要动手收割。

这正是万紫千红、百花斗研的季节:红的、白的、粉红的、芬芳而且毛茸茸的三叶草花;傲慢的延命菊花;乳白的、花蕊黄澄澄的、浓郁袭人的"爱不爱"花;甜蜜蜜的黄色的山芥花;亭亭玉立的、郁金香形状的、淡紫的和白色的吊钟花;匍匐缠绕的豌豆花;黄的、红的、粉红的、淡紫的玲珑的山萝卜花;微微有点红晕的绒毛,和微微有些愉快香味的车前草花;在青春时代向着太阳发着青辉的、傍晚即进入暮年、变得又蓝又红的矢车菊花;以及那娇嫩的、有点杏仁味的、立即就衰萎的菟丝子花。

我采了一大束各种的花朵走回家去。这时,我看见沟里有一朵异样深红的、盛开着的牛蒡花,我们那里管它叫"鞑靼花"。割草人竭力避免割它,如果偶尔割掉一棵,割草人怕它刺手,总是把它从草堆里扔出去。我忽然想要折下这枝牛蒡花,把它放在花束当中。我走下沟去,把一只钻到花蕊中间、在那里正睡得甜蜜蜜懒洋洋的山马蜂赶走,就开始折花了。然而这却是非常困难的:且不说花梗四面八方地刺人,甚至刺透了我用来裹手的手巾——它并且是这样惊人坚韧,我得一丝丝地把纤维劈开,差不多同它搏斗了五分钟的光景。末了,我把那朵花折了下来。这时花梗已经破碎不堪,并且花朵已经不那么鲜艳了。此外,由于它的粗犷和不驯,同花束中娇嫩的花朵也不协调。我惋惜我白糟蹋了一枝花,它本来在自己的位置上是好好的,于是把它扔掉了。"然而生命是多么富于精力和力量的呵",我回忆折花时所费的气力,想道,"它是如何努力地防卫着,并且高价地牺牲了自己的生命呵"。

  回家的道路,是在休耕的、刚刚的犁进的黑土的田地中间穿过的。我沿着满是尘土的黑土路爬坡走着。犁过的田地是地主的,非常广大,道路两旁和前面斜坡上,除了黑色的、犁得均匀的、还没有耙过的休耕地之外,什么都看不到。犁得很好,整个田地里连一棵小植物、一棵小草都看不见,全是黑色的。"人是一种多么善于破坏的残酷的动物呵,为了维护自己的生命,他毁灭了多少种动物、植物。"我一面想,一面不由得在这片净光的黑土田地里找寻活的东西。在我前面道路的右边,发现一棵灌木。当我走近了的时候,我认出这棵灌木仍然是鞑靼花,跟我徒然把它的花折来并且扔掉的那个一样。

  这棵"鞑靼花"有三个枝杈。其中一枝已经断掉了,残枝像砍断的胳膊突出着。另外两枝每枝都有一朵花。这两朵花原是红的,现在却变黑了。一枝是断的,断枝头上有一朵沾了泥的花苞拉着；另一枝也涂抹了黑泥，但仍然向上挺着。看样子，整棵灌木曾被车压过，过后才抬起头来，因此它歪着身子，但总算站起来了。就好像从它身上撕下一块肉，取出五脏，砍掉一只胳膊，挖去一只眼睛，但它仍然站了起来，对那消灭了它周围弟兄们的人，决不低头。

"好大的精力！"我想道，"人战胜了一切，毁灭了成百万的草芥，而这一棵却依然不屈服。"

于是我想起了一个年代久远的高加索的故事，它的一部分是我看见的，一部分是从目击者那里听来的，一部分是我想象的。这个故事在我的回忆和想象中是怎样形成的，就怎样写出来吧。

（刘辽逸/译）

杨花

〔俄国〕米哈伊尔·普里什文

我拍摄白杨树上的鞭毛虫,它们正把杨花纷纷撒落下来。蜜蜂儿迎着太阳顶风飞着,犹如飞絮一般。你简直分辨不出,那是飞絮,还是蜜蜂,是植物种子飘落下来求生呢,还是昆虫在飞寻猎物。

静悄悄的,杨花蒙蒙飞舞,一夜之间就铺满了各处道路和小河湾,看去好像盖上了一层皑皑白雪。我不禁回想起了一片密密的白杨树林,那儿飘落的白絮足有一厚层。我们曾把它点上了火,火势就在密林中猛散开来,使一切都变成了黑色。

杨花纷飞,这是春天里的大事。这时候夜莺纵情歌唱,杜鹃和黄鹂一声声啼啭,夏天的鸫鹩也已试起歌喉了。

每一回,每一年春天,杨花漫天飘飞的时候,我心里总有说不出的忧伤:白杨种子的浪费,好像竟比鱼在产卵时的浪费更加大,这使我难受而不安。

在老的白杨树降白絮的时候,小的却把肉桂色的童装换为翠绿色的丽服:就像农村里的姑娘,在过年过节串门游玩的时候,时而这么打扮,时而那么打扮一样。

人的身上有大自然的全部因素:只要人有意,便可以和他身外所存在的一切互相呼应。

就说这根被风吹下来的白杨树枝吧,它的遭遇多么使我们感动:它躺在地下林道的车辙里,身上不只一天地忍受着车轮的重压却仍然活着,长出白絮,让风给吹走,带它的种子去播种……

拖拉机耕地,不能机耕的地方用马来耕;分垄播种机播种,不能机播的地方用筐子照老法子来播,这些操作的细节令人看不胜看……

雨过后,炎热的太阳把森林变成了一座暖房,里面充满了正在生长和腐烂的植物的醉人芳香:生长着的是白桦的叶芽和纤茸的春草,腐烂的是别有一种香味的去岁的黄叶。旧干草、麦秸以及长过草的浅黄色的土墩上,都生出了芊绵的碧草。白桦的花穗也已绿了。白杨树上仿佛小毛虫般的种子飘落着,往一切东西上面挂着。就在不久以前,去岁硬毛草的又高又浓密的圆锥花序,还高高地兀立着,摇来摆去,不知吓走过多少兔子和小鸟。白杨的小毛虫落到它身上,却把它折断了,接着新的绿草又把它覆盖了起来。不过这不是很快的,那黄色的老骨骼还长久地披着绿衣,长着新春的绿色的身体。

第三天,风来散播白杨的种子。大地不倦地要着愈来愈多的种子。微风轻轻送来,飘落的白杨种子越来越多。整个大地都被白杨的小毛虫爬满了。尽管落下的种子有千千万,而且只有其中的少数才能生长,却毕竟一露头就会成为蓊茸的小白杨树林,连兔子在途中遇上都会绕道而过。

小白杨之间很快会展开一场斗争：树根争地盘，树枝争阳光。因而人就把它们疏伐一遍。长到一人来高时，兔子开始来啃它的树皮吃。好容易一片爱阳光的白杨树林长成，那爱阴影的云杉却又来到它的帷幕下面，胆怯地贴在它的身边，慢慢地长过它的头顶，终于用自己的阴影绝灭了爱阳光的不停地抖动着叶子的树木……

　　当白杨林整片死亡，在它原来地方长成的云杉林中西伯利亚狂风呼啸的时候，却会有一棵白杨侥幸地留存在附近的空地上，树上有许多洞和节子，啄木鸟来凿洞，椋鸟、野鸽子、小青鸟却来居住，松鼠、貂常来造访。等到这棵大树倒下，冬天时候附近的兔子便来吃树皮，而吃这些兔子的，则是狐狸：这里成了禽兽的俱乐部，整个森林世界都像这棵白杨一样，彼此有千丝万缕的联系，都应该描绘出来。

　　我竟倦于看这一番播种了，因为我是人，我生活在悲伤和喜悦的经常交替之中。现在我已疲乏，我不需要这白杨，这春天，现在我仿佛感到，连我的"我"也溶解在疼痛里，就连疼痛也消失了——什么都不存在了。我默默地坐在老树桩上，把头搁在手里，把眼盯在地上，白杨的小毛虫落了我一身，也毫不在意。无所谓坏的，无所谓好的……我之存在，像一颗撒满白杨种子的老树桩的延续。

　　但是我休息过来了，惊讶地从异常欢愉的安谧之海中恍然苏醒，环视了四周，重新看到了一切，为一切而欣喜。

（潘安荣/译）

当了俘虏的树

〔俄国〕米哈伊尔·普里什文

有一棵白桦树,以它顶层舒展的枝叶,像人的手掌一样,承接纷纷飘落的雪花,积起了厚厚的一层,使树梢弯了下来。不巧的是,到了解冻的天气,雪又下起来,旧雪添新雪,顶上树枝不胜负荷,便把整棵树弯成了弓形,直至树梢压根儿埋进了地面的积雪里,牢牢地一直到春天的来临。整个冬天,在这拱门之下,野兽通行,有时也有滑雪的人穿过。旁边一些高傲的云杉树,居高临下看着这棵压弯了的白桦,就像生来发号施令的人看着自己的下属。

春天,白桦恢复原状,和云杉伫立在一起。假如在下雪特多的冬天里它不曾被压弯,那么此后的冬天和夏天里它便可留在云杉中间,但是既已压弯过,那么现在只消不多雪,它便弯下身,直至年年都必定在小路上形成一个拱门。

在多雪的冬天,要进入年幼的树林是很可怕的,何况本来就进不去。夏天时有宽路可以行走的地方,现在路上却有压弯了的树挡着,而且弯得那么低,只有兔子才能从那下面穿过。但是我知道一个简单的妙法,可以在这样的路上行走而不必弯腰。我折一根结结实实的粗树枝,遇到弯树时,只消用这粗枝重重一击,积雪便形状各异地落下来,树一挺身,路也就让出来了。我这样慢慢地前进,不时以魔法般的一击,解放了许多树。

(潘安荣/译)

树

〔俄国〕米哈伊尔·普里什文

树根

太阳上山之前,但见明月悠悠,向西坠落——比昨天显得远多了,竟没有在化了冰的水面上倒映出来。

太阳时而露脸,时而被浮云遮住,你满以为:"要下雨了。"然而始终不下。天却暖和了起来。

昨日热烘烘的阳光还没有把新结的冰融化净尽,留下两条薄薄的晶莹的冰带,如同宽宽的饰绦,镶在河的两岸;碧绿的流水泛起涟漪,惹动着那薄冰,发出像孩子往上扔石子的声音,又像有大群鸟儿叽叽喳喳地横空飞过。

水面有几处昨天留下的薄冰,好似夏天的品藻,红嘴鸥游过,留下了痕迹,从岸上孩子手中逃脱的野鼠跑过,却无半点塌陷。

举目望那整片浸水的草地上仅有的一棵小树——我窗前的那棵榆树,只见所有的候鸟都栖身在那上头,有苍头燕雀、金翅雀、红胸鸺，我就频频联想到又一棵树，当年行役天涯的我，在那棵树上停下来，从此和它融为一体，它的根也就成了我长入故土的根。我在像候鸟一般漂泊不定的生涯中，就是这样在自己的根上站立起来的。

蛇麻草

一棵欹斜在漩涡上头的参天云杉枯死了，连树皮上的绿苔的长须都发黑了，萎缩了，脱落了。蛇麻草却看中了这棵云杉，在它身上愈爬愈高——当它爬高了的时候，它从高处看到了什么呢？自然界发生了什么呢？

一条树皮上的生命

去年，为了使森林采伐迹地上的一个地方便于辨认，我们砍折了一棵小白桦作为标记；那小白桦因此就靠了一条树皮危急地倒挂着。今年，我又寻到了那个所在，却叫人惊讶不已：那棵小白桦居然还长得青青郁郁，看来是那条树皮在给倒悬的树枝输送液汁呢。

瑞 香

朋友刚离我而去，我环顾四周，目光落在一个被空的云杉球果穿满了孔的老树桩上。

啄木鸟在这儿操劳了一个冬天，树桩周围厚厚的一层云杉球果，都是它一冬中衔来，剥了壳吃了的。

从这层果壳下面，一枝瑞香好容易钻到世界上来，争得了自由，盛开着小小的紫红色花朵。这枝春天最早开放的花儿的细茎，果然十分柔韧，不用小刀是几乎折不断的，不过也好像没有必要去折它：这种花远远闻去异香扑鼻，有如风信子，但移近鼻子，却有一股怪味，比狼的臊气还难闻。我望着它，心里好不奇怪，并从它身上想起了一些熟人：他们远远望去，丰姿英俊，近前一看，却同豺狼一般，其臭难闻。

树桩——蚂蚁窝

森林中有些老树桩，像瑞士干酪似的浑身是小窟窿，却还牢牢地保持着原来的形状……但是如果坐到这种树桩上去，窟窿之间的平面一定会破碎，你在树桩上会感到稍稍陷落下去。当你感到有些陷下去了，就得赶快站起来，因为从你身下这棵树桩的每一个窟窿中，会爬出成批成批的蚂蚁来，原来这虚有其表的多孔的树桩，却是个完整的蚂蚁窝。

森林的墓地

人们砍了一片树木去做柴禾,不知为什么没有全部运走,这里那里留得一堆一堆,有些地方的柴堆,已经完全消失在繁生着宽大而鲜绿的叶子的小白杨树丛中或茂密的云杉树丛中了。熟悉森林生活的人,对于这种采伐迹地是最感兴趣不过的,因为森林即是一部天书,而采伐迹地是书中打开的一页。原来松树被砍掉以后,阳光照射进来,野草欣然茁长,又密又高,使得松树和云杉的种子不能发育成长。大耳的小杨树居然把野草战胜了,不顾一切地长得蓊蓊郁郁。待它们压服了野草,喜阴的小云杉树却又在它们下面成长起来,而且竟超过了它们,于是,云杉便照例更替松树。不过,这个采伐迹地上的是混合的森林,而最主要的,这里有一片片泥泞的苔藓——自从树林砍伐以后,那苔藓十分得意,生气勃勃哩。

就在这个采伐迹地上,现在可以看到森林的丰富多彩的全部生活;这里有结着天蓝色和红色果实的苔藓,有的苔藓是红的,有的是绿的,有像小星星一般的,也有大朵的;这里还有稀疏的点点的白地衣,并且夹有血红的越橘,还有矮矮的丛林……各处老树桩旁边,幼嫩的松树、云杉和白桦被树桩的暗黑的底色衬托出来,在阳光下显得耀眼生花。生活的蓬勃交替给人以愉快的希望。黑色的树桩,这些原先高入云霄的树木的裸露的坟墓,丝毫也不显得凄凉,哪里像人类墓地上的情景。

树木的死法各不相同。譬如白桦树,它是从内部腐烂的,你还一直把它的白树皮当作一棵树,其实里面早已是一堆朽物了。这种海绵似的木质，蓄满了水分，非常沉重：如果把这样的树推一下，一不小心，树梢倒下来，会打伤人，甚至砸死人。你常常可以看到白桦树桩，如同一个花球：树皮依然是白的，树脂很多，还不曾腐烂，仿佛是一个白衬领，而当中的朽木上，却长满了花朵和新的小树苗。至于云杉和松树，死了以后，都先像脱衣服一般把全身树皮一截一截脱掉，做堆儿归在树下，然后树梢坠落，树枝也断了，最后连树桩都要烂完。

如果有心细察锦毯一般的大地，无论哪个树桩的废墟都显得那么美丽如画，着实不亚于富丽堂皇的宫廷和宝塔的废墟。数不尽的花儿、蘑菇和蕨草匆匆地来弥补一度高大的树木的消殒。但是最先还是那大树在紧挨树桩的边上发出一棵小树来。鲜绿的、星斗一般的、带有密密麻麻褐色小锤子的苔藓，急着去掩盖那从前曾把整棵树木支撑起来、现在却一截截横陈在地下的光秃的朽木。在那片苔藓上，常常有又大又红、状如碟子的蘑菇。而浅绿的蕨草，红色的草莓、越橘和淡蓝的黑莓，把废墟团团围了起来。酸果的藤蔓也是常见的，它们不知为什么老要爬过树桩去。你看那长着小巧的叶儿的细藤上，挂了好些红艳艳的果子，给树桩的废墟平添了许多诗情画意。

（潘安荣/译）

树的生活

〔俄国〕米哈伊尔·普里什文

树木只知道已经有过的东西,但只有人的心灵为尚未有过的事物而斗争。

对主人的愤懑

在森林里,谁要是只想着自己,只想着他要在这儿呼吸新鲜空气,休息休息,让自己安静一下,那么他是会觉得很美的。不过如果有谁跨出自己这个范围,用他那颗人类的心去关怀森林里树木本身的生活,那么他立刻会怒不可遏,生那个主人的气,禁不住想要插手干预这种不合理的经营管理。

而当怒火平息,神态清醒过来,这才想起,这儿并没有主人。一切都是由于风,水分,土壤和太阳的作用,自然而然形成的。于是就会觉得更不舒服,更想插手干预大自然的事情,想要把这森林的生活引导到人类的道路上来。

不，不！在森林里，不管你朝什么看，一切都不是照我们人类的规则生活的。而同时一切又都合乎某种秩序，在一定的地点，一定的时间里，获得一定的形式。

可见，还有一些非人类的规则。真想把我们的和它们的所有规则统统搜集到一起，比较一下，看看它们之间的区别在哪里。

我们的规则和"那些"（自然界里的，森林里的）的区别，首先在于，在它们那儿，是最强者获得胜利，而在我们这儿，是最好的，还有——我们这儿有仁慈心……

各种树是怎样发芽的

菩提树的小叶子一长出来是有皱褶的，挂在树上，包着它们幼芽的鳞片在它们上面翘着，如同一些粉红色的小荚。

橡树发芽，态度是严肃的，谆谆告诫自己的叶子，它虽然小，但在自己的幼年，就应该像一片橡树叶子。

白杨一开始并不是换上绿装，而是穿一身褐色的衣裳，它的叶子在幼年时期好似一些小硬币，在空中摇晃。

枫树刚发芽时周身发黄，掌状的叶子不好意思地松松地攥着，挂在树上，犹如一些礼品。

松树用攥紧的、多树脂的黄色小手指打开通向未来的大门。当这些手指松开，向上伸直了的时候，就变得跟蜡烛一模一样了。

下面，地上所有阔叶的小东西显示出，它们的幼芽也和大树上的一样，就美而言，它们在下面的丝毫也不亚于那在上边的；对它们来说，全部差别就在于时间：等我的时候一到——我也会长高的。

当森林里树木发芽时，什么都能看得清清楚楚，它是怎样生活的，它需要什么：有的地方背光，叶子就发红了，有的地方汁液输送不到高处的小枝那里，于是那根树枝就变成光秃秃的……

肥沃的土壤

松树升高自己的树冠，年复一年，越长越高，把凋谢的针叶撒落到地上。它当然不知道，它一面在长高，同时也就为其他对营养要求更高的树木准备好了土壤，它就是形成森林的、树中的先驱。

渐渐地在松树底下不大的一圈土地上形成了足以供枞树扎根的土壤。不但如此！松树的树阴恰好落在这个地方，可以遮住幼小的枞树，为它防寒，使它不至于被直射的阳光晒伤。

那儿是树中的先驱者（松树）；那边，稍过去一些，喜光的桦树和白杨也在那里准备土壤。

大概有几百颗，也许有几千颗枞树种子都死亡了，只是为了有一颗种子能落在这块肥沃的土壤上，落在那绿阴如盖的小圈子里，落在那棵如同母亲一般的大树的树冠底下！森林里就是这样，在每一棵树中的先驱者底下，都有棵小枞树紧紧偎依着它，在那儿定居下来，开始向上生长。

枞树的耐心

桦树的每一片小叶子都在颤抖。但不管有多大的暴风雨，枞树的针叶却纹丝不动。桦树的每根树枝都在鞭打枞树，竭力要排挤它，让它无法生长。这使枞树痛苦不堪，但喜阴的树也忍受着这种屈辱，而且它也不轻率地委身于风。

连一根针叶也不会因为暴风雨的关系而颤动，只有翼状的树枝轻轻摇晃着，仿佛在互相商议：以后咱们该怎么办呢？

枞树和橡树

它们，枞树和橡树，竞相追逐，向上，向着阳光，看究竟谁胜过谁。

它们不是为了取乐，不是因为贪婪，也不是由于任性或骄傲，而是为了生死攸关的需要，才发起了这场追逐赛——谁先探头伸出光明之窗，它自己就会遮住这扇小窗，作为一个胜利者，用它的树冠和旁的大树结合在一起。不论谁留在林冠下面，留在昏暗之中，都只能在自己这一生中日渐枯萎。

这就是它们，枞树和橡树为什么要全力以赴，你追我赶，向上生长的原因。

菩提和橡树

在我们莫斯科近郊森林里,菩提树和橡树常常会碰在一起,好像它们在互相寻找似的。春天,菩提树首先披上绿纱,仿佛向橡树召唤,要橡树和它一道换上碧绿的新衣。但橡树好久都不肯同意;甚至当它长出绿叶的时候,四周却已经在渐渐变冷了。

秋天,菩提树最先凋落,当它落叶飘零的时候,橡树的叶子已经发黄,却还久久地坚持着,到后来才落叶纷飞,把菩提树的叶子掩埋在自己的落叶底下。

菩 提

在白杨和桦树底下,在它们的树阴里,一棵棵菩提树迟疑不决地渐渐长大,毫无争执地把自己的树冠聚拢在一起,连成一片。

只是如果菩提树和白杨以及桦树的树冠混杂在一起,下面就会明显地感觉到更加阴暗了。

白　杨

白杨不停地颤抖着，丝毫不知疲倦，直到秋天树叶变红，直到最后一次暴风雨袭来，树叶脱落，四散飘零。

松　树

松树在秋天里失去双生的针叶，并不比白杨失去的叶子少。但冬天松树仍然郁郁葱葱；白杨却光秃秃的，怒气冲冲，全身都饱含着它那苦涩的杨树汁。

松树是圣洁的树，枞树是英明的树，橡树强大，白桦则柔情脉脉，多嘴多舌。

树　枝

枞树的树枝越高，对它来说，工作和要操心的事就越少。

下面的树枝有它们自己的真理：光对大家一视同仁，如果作出这样的安排，让上面的树枝不要把一切都据为己有，多为底下的树枝着想，那么光是足够大家共同分享的。

从地上数起，在第七轮树枝中间，有一根边上的树枝不和其他勾画出枞树轮廓的树枝一致行动，向一旁生长，却一直向上冲去，直奔小十字形的树梢。它穿透了上边几轮侧面的树枝；许多年以后，我们看到一棵高大的枞树，有两棵向上生长的树干。

闪光和寂静

有时大海里波光粼粼，舱壁上明暗交替，仿佛一切都在颤栗：在阳光灿烂的日子，白杨林里也是这样，光影交错，闪闪烁烁，甚至使人眼花缭乱。

然而枞树林里却是多么安宁和寂静啊：那里永远不变，总是那么阴沉沉的。

慈善的大自然

树在长高，树底下，环绕着树干渐渐积起一个个小丘，如同一个个小枕头：这是由上面落下的东西堆积起来的。后来，许久以后，这棵树只剩下一个树桩，留在明亮的地方；各种种子都飞到这光照充足而又干燥的腐殖土小丘上来。各式各样的鲜花，浆果，蘑菇——那儿什么没有啊！

自然界里就是这样安排的：在死去的树木的坟墓上诞生新的生命。好人也是这样，受那同一慈善的大自然的感召，把鲜花种在亲人们的坟墓上。

树顶干枯的松树

一棵松树甩掉树枝,把树干拾掇得干干净净,奋力蹿到林冠的上面;好像觉得,一棵高高的光秃秃的树,树梢高踞于森林之上,顾盼自雄,这是何等美妙!在上面只有点使它感到惶惑——不远的地方也有这样一棵松树,树顶已经干枯。本来它也曾蹿了上来,不过树根不能把土壤里的汁液输送到那么高的高处,于是它的树梢干枯了,整个儿都干枯了;下面的树枝早被抛弃,只剩下一棵干树,终于枯死了。

树枝的谈话

上面的树枝在谈它们自己的事情,下面的也在谈它们的。现在由于风的关系,整棵小枞树都一起交谈起来了。假如这不是些树枝,而是人,那么他们就会懂得,并不是他们自己弯下腰来,互相耳语。

不过树大概并没有我们这种想法,对它们来说,不管是它们自己,还是由于风的关系,反正都是一样,只要鸟儿们在树间飞来飞去,只要能够进行异花授粉,只要它们的种子——那些游击队员们能够展翅飞翔,飞去投入战斗……

风

从窗子里望着外面的树——觉不出有风……你只看到树顶上树枝在互相喃喃低语。于是你会想到自己：我们常常觉得，似乎是我们自己往什么地方奔跑，在做什么事情，丝毫也不怀疑这是由于受到外力的驱使，也像这些树一样，是因为有风吹动它们。

在你自己觉不出有风的窗子里面，对这一点看得最为清楚。

松树和风争论

我曾看到森林里的松树怎样和风争论——它们一面争论，一面自己互相商议，就像手中握有真理而感到自豪的人们在和这个世界上有势力的人物争论，他们不向强力屈服，而要尽力说服他。

树的灵魂

如果是我们的感觉创造出树的形象，那么树的本身还剩下什么呢？是什么使我们产生感觉？不从属于人的感觉的树的本质又是什么呢？

树对于自己一无所知。然而我们人知道，所有的树只有一个灵魂——这就是风。

松树的方式

难得看到松树垂下自己的翅膀——树枝；它们在生长的时候甩掉自己身上留在阴影里的一切，一心向上的树枝仿佛要把整棵大树都带上天去。

当一个人走进松林，抬起头来，他会觉得，似乎有些看不见的力量推着他飞向天空。

枞树的方式

三十年来枞树在松树底下养精蓄锐，松树却一个劲儿地向上伸展。而当时候一到，枞树突然猛蹿上去，很快就超过了松树，遮住了它的光线。

对光的渴望

一棵笔直的白桦，树顶上残留着浓密的金色叶十片，从撒满金币样白桦叶子茂密的小枞树丛中挺身向上生长。在蓝天的背景上，风一吹过，这些叶子金光闪闪，似乎这不是树，而是一位俊俏的妇女，尽管灾难从四面八方包围了她，而当她看到我，由于习惯，还是妩媚地微笑，作出千姿百态。

光再多一些就好了，那么森林里边所有枞树就也能像林边上的枞树那样，连它们那些最重的下层树枝也可以向上生长了。

"需要光啊！"枞树抱怨说。

而喜光的松树就生长在枞树身旁，它并不抱怨：哪怕只剩下最上面的树冠，它也要让这树冠向上生长，永远不会得不到光。

没有光

如果没有光，怎么能向着光往高处生长呢？……

有时候树枝并不知道哪边有光，于是就向它最容易生长的方向生长：往下面去，往下面去。

几代人的结合

森林里也像家庭里一样，会有几代人结合在一起。

森林里使我们喜悦的并不是森林本身，不是那些强壮高大的树干；更叫我们喜悦的，是那些矮生树、幼树、灌木丛、地毯般的草地、土墩、蘑菇、浆果。森林叫我们感到高兴,是因为它像一个由好几代人组成的大家庭,而绝不是因为只有一些老头子们,但请看一看城市附近任何一处森林吧……

有时城市附近人们常去打柴的地方,把一切都搞得那么干净,只剩下一些大树——再没有什么比这备受蹂躏的森林更叫人感到忧郁了,它好像一大群老光棍,就像在残废人的病院里似的。

(非琴/译)

球花风铃草

〔俄国〕康·巴乌斯托夫斯基

去年夏天我从波罗沃湖回故乡农村里去。走的是一条穿过松林的林间小路。四周野草丛生,由于夏天干旱,草香浓郁。

一些老树桩旁,结了穗的野草和野花长得特别茂密。这些脏朽的树桩,只要用脚轻轻踢一下,就会垮掉。于是飞起一团如同磨碎的咖啡一样、深棕色的烟尘,树桩里面被蠹虫蛀成的一条条纵横交错的秘密通道也都暴露了出来,许多带翅膀的蚂蚁、步行虫、像军乐队一样戴着红色肩章的扁平黑色甲虫,都在这些通道里忙乱,东奔西窜。无怪乎人们管这种甲虫叫"小兵"哩。

随后,从树桩下的洞里爬出一只似乎尚未睡醒的丸花蜂——丸花蜂是黑色的,身上有金色的条纹,像飞机那样嗡嗡叫着,向空中飞去,并竭力想要在哪个破坏者的额上用力给他一下子。

空中堆积着一团团积云。看样子,它们好像很扎实,似乎,显然可以躺在这些大团大团耀眼夺目的白云上,从那上面观看和蔼可亲的大地和地上的森林、林间小路和林间空地、正在扬花的黑麦、静静的水面上微弱的闪光,以及五颜六色的畜群。

在林边的空地上,我看到了一些蓝色的小花。它们互相紧紧地挤在一起。一个个花丛犹如许多小湖,湖水湛蓝,而且稠得很。

我采了一大束这种蓝花。当我抖动花束的时候,花中成熟的种子就哗啦哗啦地响起来。

我不认识这种花,好像是风铃草。但风铃草的花萼是弯向地面,而这种不知名的花,它那干枯的花萼却向上直竖着。

道路出了森林,进入田野。看不见的云雀立刻在黑麦地上空唱起歌来。给人的印象,似乎它们是在把一条玻璃细丝互相抛来抛去。它们一会儿把它丢落下来,一会儿又立刻在半空中接住它,那颤抖的响声连一分钟也不停息。

在田间道路上迎面遇到两个农村姑娘。她们大概从很远的地方来。落满尘土的鞋子用带子扎着,搭在她们的肩上。她们不知在谈论着什么,有说有笑,但一看到我,立刻住了声,匆匆地理一理头巾下浅色的头发,生气地瘪了瘪嘴。

每当像这样的皮肤晒得黝黑、又有点儿可笑的灰眼睛的姑娘们看见我立刻装出一副严肃的样子,不知为什么心里总是觉得怪不是滋味。如果和她们擦身而过之后,听到背后传来勉强抑制着的笑声,那就更难过了。

我已经在精神上做好再体验一次这种委屈心情的准备了,但姑娘们走到和我并排的时候,却站住了。她俩立刻那样羞涩,那样温和地对我嫣然一笑,弄得我甚至有点儿不知所措了。还有什么能比在荒凉的田间道路上出乎意料的姑娘的微笑更美呢?当深邃的蓝眼睛里突然出现湿润而温柔的闪光,而你呆呆地站着,惊讶万分,仿佛是一丛金银花或山楂,花丛上的全部花朵立刻在你面前吐蕊怒放,光彩四射,宛如点点星火,香气四溢,妍艳动人,还有什么能比这更美呢?

"谢谢您!"姑娘们对我说。

"为什么呢?"

"为了您让我们遇到了这些花。"

姑娘们突然跑了,但一面跑着仍然一再回过头来,微笑着温柔地对我大声喊着,喊的仍然是那同一句话:

"谢谢您!谢谢!"

我断定,这是因为姑娘们心情非常愉快,所以在和我开玩笑。但在田间道路上的这件小事中,似乎仍然含有某种神秘的、令人惊异的、我不能了解的东西。

在村口,我碰到一个衣着整洁、十分匆忙的老太婆。她用绳子牵着头烟灰色的山羊。老太婆看到我,站住了,两手一拍,放开了山羊,像唱歌似的说:

"啊呀,亲爱的!我在路上遇到你,这真是多么好啊。我真不知道该怎样感谢你呀。"

"为什么要感谢我呢,老奶奶?"我问。

"瞧,还装呢,"老太婆回答,说着狡猾地摇摇头,"就像你还不知道似的?我可不能把这告诉你,说不得。你走你的路吧,不用着急,好多碰到一些人。"

只是到了村里，才终于解开了这个谜。村苏维埃主席伊万·卡尔波维奇把谜底告诉了我——他是个严肃而能干的人，不过喜欢研究地方志和历史，用他自己的话来说，是"在自己这个区的范围里"。

"您这是找到了一种稀有的花，"他对我说，"这种花叫'球花风铃草'。有这么一种迷信说法——可是我不知道是不是用得着揭穿它？——似乎这种花能给姑娘们带来幸福的爱情，给上年纪的人带来安宁的老年。总而言之，是带来幸福。"

伊万·卡尔波维奇笑了：

"瞧，我遇到您的时候，您手里要是拿着球花风铃草，大概我的工作也会顺手的。可以认为，从州里到我们这儿的公路今年能修通。我们还要第一次收获黍子。在这以前，这儿从来没种过这种作物。"

他不作声了，不知想起了什么，微微一笑，又补上一句：

"我为姑娘们高兴。这是些很好的姑娘，我们这儿最好的种菜能手。听我说，幸福的根源是在劳动之中，也在于我们的土地繁荣兴盛。"

（非琴/译）

不屈的黑麦穗

〔俄国〕维克多·阿斯塔菲耶夫

夏日里淫雨连绵。雨水过量,野草和庄稼的长势都不好。庄稼徒长,不能很快成熟。野草则开着五颜六色的花朵,密密层层,它们排挤庄稼,侵占庄稼的地盘。庄稼窒息了,不再生长。

唯有麦穗扁平、麦茎细高的黑麦昂首挺立。清风徐来,黑麦婉转地歌唱,无忧无虑地沙沙作响,飘洒出青春的活力。但是,忽然有一天暴风雨骤然袭来,瓢泼大雨夹着冰雹铺天盖地。小山坡上的黑麦茎还很脆嫩,还不够挺实,它被打得遍体鳞伤,倒伏在地上。

"这些黑麦算完了,全毁了!"庄稼汉伤心地说。他们痛苦地摇晃着脑袋,叹息着,好似丢失了自己最宝贵的东西那样惋惜。古往今来谢天谢地,只有农民们还一直保持着对受灾被毁的庄稼的那种深切的怜悯之心。庄稼,这是人赖以生存的基础的基础。

暴风雨过后,大自然好像要赎回自己的罪恶,赐给了大地一连无数个晴朗的日子。在沟谷里和低洼地上生长的黑麦很快就变干了，逐渐给籽粒灌饱了浆汁，在热气蒸腾中生长。可是小山坡上的黑麦却仍旧把脸贴在大地上，仿佛是在向大地祈祷，请求宽恕。在长着又高又密的黑麦的大片田地里可以见到成片成片倒伏的黑麦，看上去像是累累伤痕。日复一日，它们益发悲戚，阴郁，在无声的隐痛中忍受着暴晒。

烈日炎炎，炙烤着一切。麦田里的土地已经晒干，倒伏的黑麦下面的泥土也变得干爽了。阳光晒在麦茎上，麦茎开始硬朗起来，伸直了腰杆，摇动着柔韧下垂的灰色麦穗。

和风吹拂，麦穗摇曳，被吹干了的麦穗起伏荡漾；有些麦穗已经长出了胡须，麦芒上阳光闪烁。

田野里的伤痕已经愈合。这是迤逦的原野，一望无际。

微微泛白的麦浪酷似浪尖上的泡沫滚滚翻腾，而那些刚刚从地面上站起来的黑麦却像小湖里滞留的水，躲在一旁怯懦地颤动。不过，大约一两个星期以后，麦田里的绿色将会被吞没，麦田融成一片，麦穗全都抽了出来，庄稼成熟了，它们威风凛凛地高声呼啸，饱满的麦粒发出响亮的簌簌声。此景此时，农夫们对庄稼的长势欣喜若狂，像夸奖挚友一样夸奖黑麦。他们说："麦穗的生命力太强了！倒下了，却硬是又站了起来！"

（陈淑贤/译）

雪地上的天竺葵

〔俄国〕维克多·阿斯塔菲耶夫

在简陋的农家小屋里一个酗酒成性的庄稼汉在大吵大闹。他的妻子好言相劝,想让他安静下来。他老拳一挥把妻子打到穿堂里,孩子们吓得四散跑开了。醉汉开始寻找能够打碎的东西,可是,屋子里的家什都已被砸烂、打破了。

庄稼汉怒气难平。

他忽然看到窗台上摆放着天竺葵。天竺葵栽种在一个破铁锅里。由于常常忘记浇水,天竺葵靠根部的叶子已经发黑、萎蔫、脱落了。尽管这样,天竺葵却还是使出浑身力气活了下来,而且还开了花。是一花独放,开在叶子的根茎部分。夜里,挨近窗户那边的叶子给冻在了玻璃上,炉火烧旺之后,它们又渐渐暖和过来了。

庄稼汉蹲到窗台跟前,抓起破铁锅向窗外扔出去,天竺葵连同培育它的土壤一起散落在了雪地上。庄稼汉终于安静下来,昏昏沉沉地睡着了。

整整一夜,天竺葵闪露风采,它并没有被冻死。拂晓时分,纷纷扬扬飘落起雪花,可怜的天竺葵被白雪覆盖。

白天,庄稼汉找了一块胶合板,想把他昨天砸坏的玻璃遮挡上,这时,他看见了那株天竺葵,它在雪地上黯然神伤。庄稼汉觉得,花儿酷似一滴鲜血,他停下了手里的活计,呆立在窗外。

雪花随着寒风飘舞,不住地摧残着天竺葵,它渐渐消失了。庄稼汉认为天竺葵在白雪覆盖之下也许会更好些、更安静些、更温暖些,不会像在小屋里那样憋闷、委屈。

不久,春回大地。窗外的积雪融化了,雪水汇成一条条小溪流向四面八方。奔流的雪水把天竺葵根茎和湿漉漉、黑乎乎的小花送到了狭谷。天竺葵的根部并没有枯死,根须扎进了土壤中,天竺葵重又复活、开始生长了。在峡谷里,天竺葵长出两片新叶,正在显露头角,不幸的是,山羊正巧在那里觅食,两片鲜嫩的叶子被山羊一口吃掉了。

天竺葵的根须还残留在土里,它再次蓄足了全部力气,重又萌发出嫩芽。不巧,那里开始破土动工,进行工程建设。庞大的推土机开来了,推土铲把天竺葵的根连同新生的嫩芽一起铲了起来,装上了卡车,运到河畔深谷,把土和天竺葵一起卸掉了。

天竺葵在疏松的土堆里不住地晃动、挣扎,渴望着在新的地方获得新生。怎奈,倾倒在它上面的土愈倒愈多,它被埋得愈来愈深。它再也无力展叶、开花了。根须也在土里被压得实实在在的,失去了活力和生机。天竺葵,还有木屑、垃圾、铲起的杂草都混合在土堆当中,逐渐发霉腐烂。

农家小屋的主妇把那只破铁锅捡了回来，栽种上西红柿秧苗。庄稼汉仍如同以往那样酗酒，每逢拿到工钱以后都会喝得酩酊大醉，罗唣不休。仍旧是东寻西找，找到可以砸碎的东西便向窗外扔出去。不过，他却再也没有碰那只栽种着西红柿的破铁锅。

（陈淑贤/译）

一株小槭树

〔俄国〕维克多·阿斯塔菲耶夫

我一向以为乐队的指挥棒是用一种珍稀材料制成的,也许是舶来品,甚至是使用具有某种魔力的材料。

有一次,我问过一位闻名遐迩的指挥家,他说:

"指挥棒可以用各种材料制成。我喜欢槭木的。"

想不到竟如此之简单。我和这位指挥家神交已久。他质朴可亲,容易接近,而且是一个钓鱼迷。这次交谈以后他更让我敬重,更加平易近人了。他指挥的庞大乐队的每一场演出我都感到格外亲切,都震颤着我的心灵。

这一切都发端于从平平常常的、喧嚣不止的大森林里带回来的一根小木棍。我去过远东,在太平洋岸上挖掘出来一棵纤细嫩弱的槭树幼苗,我把它带在身边,它伴随着我四处奔波,乘坐汽车、火车、飞机,红色的小叶已经被我压得萎蔫不堪了。直到深秋时节,几乎是雪漫大地的时候,我才把这位太平洋岸来的客人栽在菜园里,我想它肯定成活不了,会干枯而死。但是,小槭树苗它在土里扎下了根,长得日渐茁壮,坚实的芽已经绽露在外，它嗅着、打量着，同时冒出一些小叶儿。这些叶子刚一抛头露面，脸颊就变得绯红，幼小的槭树仿佛是用孩子们制作的节日小红旗点缀着。

当你跪在地上，把一只耳朵贴到树叶上，就能够听到似乎叶子在像婴儿一样呼吸，而树根不停顿地向生机盎然的古老土地扎下根须，从小树的躯体里传送出来轻柔而又轻柔的音乐。

（陈淑贤/译）

第六辑

山百合

〔日本〕德富芦花

后山山腹长满了葱茏茂密的萱草。中间点缀着一两棵山百合。白花初放,犹如暗夜的明星。转眼之间,很快开满山麓,含笑迎风。而今,这花比午夜的星星还多。

登山访花,花儿藏在深深的茅草丛里,不易发现。

归来站在自家庭院里眺望,百花含笑,要比茅草秀美得多。

朝露满山,花儿也沉沉欲睡了。

黄昏的风轻轻吹拂,满山茅草漾起了青波。花在波里漂浮,宛若摇曳在水里的藻花。

太阳落了,山间昏暗起来,只剩下点点白花,显得有些惨淡。

又

还住在东京的时候,曾经就百合做过如下的记载:

"早晨听到门外传来卖花翁的声音，出去一看，只见他担着夏菊、吾妻菊等黄紫相间的花儿，中间杂着两三枝百合。随即全部买下，插入瓷瓶，置于我的书桌之右。清香满室。有时于蟹行鸟迹中倦怠了，移目对此君，神思转而飞向青山深处。"

夏季的花中，我最爱牵牛和百合。百合之中尤其爱白百合和山百合。编制百花谱的许六翁，一口咬定百合为俗物。然而，浓香艳抹的红百合，又怎能包括清幽绝伦的白百合呢？不要把我当作似是而非的风流人物吧。身处于人如云事如雨的帝都的中央，处于忙里更忙、急中更急的境遇的中央，心境时常记挂着春芜秋野之外的事物。对于一个不事农桑的人来说，买花钱就是我的活命钱。

我自从买下这瓶百合花，白天作为案旁密友，夜里拿到中庭，任凭星月照耀，夜露洗涤。早晨起来打开挡雨窗，首先映入眼帘的即是此君。一夜之间，减少了几个蓓蕾，增添了几朵鲜花。我从井里打来新水浇灌。水喷洒着花叶，带着粒粒露珠，随后放置于回廊之上。绿叶淋水，青翠欲流，新花初放，不含纤尘。日复一日，今天蓓蕾，明朝鲜花；今日残花，为昨天所开。热热闹闹开上一阵随即衰落，花座渐次向梢头转移。看吧，六千年世界的变迁，从这支百合花的盛衰上也可表现出来。

对花沉思，想起了游房州的那个时候。夏还是浅浅的。我没有人相伴，时常一个人孤独地登上海边的山岭。镜之浦平滑如明镜，浮着一两点小船。矶山的绿色同海色相映照。四处阒无人声，只有阳光充溢天地。矶山渐次没入海面的部分，略显突兀，露出了岩石的肌肤。坐在这座石岩之上，白日亦可入梦。这时，一阵香风悄然而过，回头一看，一枝百合正立于我的背后。

对花沉思，想起了游相州山的那个时候。这地方即使一抔黄土也包含着历史。在倚山茅屋旁边，陡峭的石壁之上，幽深的古老洞穴里，古代英雄长眠的地方，细谷川流经之地，杉树荫下，小竹园中……随处都能看到白色的花朵。有时遇到背草的儿童，草篮上也插着两三枝。有时走在蛙声如鼓的田间小路上，猛然抬头，看见前面有饭粒般的青山。遍山萱草丛生，犹如山岳女神的头发，其间到处点缀着无数山百合，简直像自己亲手簪上去的。无风时，天鹅绒般的绿毯上织满了白色的花纹。一阵风吹来，满山茅草绿波摇荡，那无数白花宛若水面上漂动着的浮萍。

对花沉思，想起那次夏山早行的时候。山间早晨雾气冷，单衣更感肌肤寒。路越走越窄。山上松椎繁茂，山下细竹丛生。披草而行，满山露水尽沾裳。微风过后，送来一阵幽香。定睛细看，一支山百合杂在细竹丛中开放。趟着齐膝的露水将它攀折。花朵如一只白玉杯，杯中夜露顿时倾注下来，打湿了我的衣裳。亲手折花，清香盈袖。

对花沉思，想起那高洁的仙女的面影。清香熏德，永葆洁白之色。生在荒草离离的浮世，而不杂于浮世。她虽然悲天悯人，泪滴凝露，面对忧愁，但时常仰望天日，双目充满希望的微笑。她生在无人知晓的山中，独自荣枯，无以为憾。在山则花开于山，移园则香熏于园。盛开时不矜夸，衰谢时不悔恨。

清雅过世,归于永恒的春天。这天使的清秀的面影,不正是白百合的精神所在吗?

案头一瓶百合。我每对之,则感到神游于清绝幽胜之境。每有邪思杂念,看到此花则面红耳赤。啊,百合呵,两千年前,你开在犹太人的土地上,你在人的眼里,是永远传递真理讯息的象征。百合呵,你开在一个陌生国家的园圃里。百合呵,愿你将清香一半分赠于我吧。

(陈德文/译)

桃

〔日本〕岛崎藤村

三月桃花节和五月菖蒲节,是一年所有节日里最叫人感到亲切的。这是因为两个节日不光季节感深沉,而且是孩子们的节日。在这样的日子,拿出古旧的玩偶来,这是那些早已不在人世的亲人们的遗物。幼小的孩子迎来这一天,为自己的成长而高兴;大人们迎来这一天,缅怀自己的少年时代。

白酒、菱饼、桃花饰物,庆祝三月节用的每一件东西都能唤起童年时代的情调。现在合唱开始用的小玩偶,古典少年乐队的五人乐手,这里所有的一切都是玩具,都属于童话和童谣的世界。这也许只有我们这个国家才有孩子的节日。我以为这是一个美好的风俗。过节时炒制的豆子里,红白相间,看上去好像桃花的蓓蕾。

正如五月菖蒲节适合男孩子一样,桃花本身多像少女。那垂挂着修长的花苞、敞开盛开的胸膛、多愁善感的海棠的姿影,到底不是少女。只有在那灰褐而泛红的枝头,结结实实生长着的桃花的粉颈,才是属于少女的。二尺,三尺,只要看到那猛然伸长着的细枝，你就会想到充满旺盛活力的少女的生命。那桃花的蓓蕾在素朴之中渐渐鼓胀着，似河柳而富野趣，含着羞报，像处女略现骄矜之态。

越过漫长的冬季，黄梅、福寿草、连翘的季节也过去了。在那观梅已迟、赏樱尚早的时候，桃花的春天来了。暖雨微润、嫩草初萌时的欢乐是无法言喻的。这是"生命之虫"从漫长的冬眠中苏醒过来、蠕蠕爬行的季节。这是每一场雨都预示春天即将来临的季节。桃花的妙处在于：她不像樱花、牡丹那般使我们如醉如痴，她只是给予我们复苏的启迪。她温暖着我们那副冷漠麻木的心灵，使人对于少年的春天充满怀思。

德比伏见桃花露，点点润泽我身心。

古人借桃花表达了如此美好的感情。桃花的露水究竟点染了什么样的衣衫呢？看样子是洒在丽人穿着的春衫的袖子上了。然而这种处女的情感却通过在伏见西岸寺遇见一位叫做任口上人的古典诗人的内心流露出来，真是独具风情。

从前乘船到远方旅行，途中在上海港停留过。在古河公司人员的陪伴下，我曾驾着马车到达法国租界，在中国式庭园——愚园住了一阵子，而且拜谒过李鸿章的陵基。革命后的民国，李鸿章的铜像已成了无用之遗物，被推倒在一座不很高的假山上。一代荣华已不见踪影。这座废园犹如残梦。只有陵墓的建筑依稀留有昔日的面貌。这些建筑已批为学校，中国式的瓦葺的屋顶，富有特色的窗户，粉白的墙壁，尚存有昔日的风姿。在这遭受破坏的废址上，灼灼的红桃在废园的一隅开放，十分耀眼，这桃花才是我上海旅行中感触最深的。

从中国再向西行，便不知桃为何物。船过地中海的马赛港，这个地方的气候和我国相差不大，而这里的植物园却不见有桃树。每年春天，巴黎大街上栗树开花时，我经常伙同留法的美术家到郊外观赏，或到圣克鲁，或到圣·日耳曼或到勒万桑。到那里一看，各处盛开着樱桃花，耀眼夺目。然而三年旅法期间，没有见过桃花。到法国中部的里摩日旅行时，似乎见过桃树，但也说不清了。至今我倒清晰地记得那栽满果树的法国农家的庭院，以及那快要成熟的法国青梨。然而我只记得有梨，却不记得有桃了。

桃，尤爱其花，这完全是东方人的情趣。即使身处法国一带的田园里，要想和在自己国家看到的那样，从花朵上感受春光似火焰般流泻，那是不可想象的事。

桃叶很可爱。细长的叶片闪着光亮，使人感到一种内在的生气。茂密重叠的叶片之间挂着小球般的青果，这时也好看。邀上几位性情相投的朋友，于工作疲倦之时，一边静听小鸟的鸣啭，一边在桃林的叶荫下散步。桃诱发着我的回想。信州山上有个叫守山的地方，是佐久地区有名的桃园。从小诸到守山一路浓密的绿荫。我往返走过那里，至今难忘。嗅嗅青青的桃叶，闻闻树枝上成熟的水蜜桃的香气，然后走进桃园中的小屋，尝一尝刚摘下的果实流溢的滴滴甜汁，那情景也叫我难以忘记。

（陈德文/译）

树

〔日本〕永井荷风

抬头满眼青叶山,口中松鱼耳杜鹃。

江户时期往昔都会最美时节的情趣,被这简单的十几个字一语道尽。北斋及广重等人的《江户名所绘》中所描画的地方,若以文字代之,这一首俳句可谓尽写其意。

东京不仅市内,一直到周围的近郊,天天都在开辟新地面。所幸,社寺之境内,私人宅邸,还有崖畔和路旁,尚保留着众多的树木。如今,因了工厂的煤烟和电车的震响,日本的晴空鹞鹰的叫声已经稀少,雨霁的深夜,即便有月出,杜鹃亦不再啼鸣。嫩松鱼的味道,因为有了火车和冰镇之便,也不像过去那般珍贵了。只有满眼的青叶,到了每年花落之后的阳历五月,于下町的河畔,于山手的坡上,市内到处呈现出美艳的绿色。我等也因而对于东京这座都市,开始感觉到江户以来固有的快感。

住在东京的人,当你初试夹衣的那一天,不管早晨,不管晌午,也不管夕暮,沿着外出的小道到九段的坡上,神田的明神,汤岛的天神,还有芝地的爱宕山,登上随处可见的高台,去眺望一下市区吧。在阳光辉耀的初夏的天空,在无限延续着的瓦葺的屋顶之间,你会看到银杏、椎、榭、柳等树木鲜绿的嫩梢,在艳丽的日光下闪烁。当你看到这种情景,你就会感到,东京这座城市尽管有些建筑仿造西洋,尽管有了电线和铜像,因而弄得丑陋不堪,但还不到可以完全抛弃的地步。虽然一时难于言说,但我总感到有一种东京式的固有的情趣。

如果说,今日的东京果真有一种都市美,我敢断言,其第一要素是仰仗树木和水流。遮着山手的老树和流经下町的河川,是东京市内最可尊贵的宝贝。巴黎特有的风貌只要有寺院、宫殿、剧场等建筑,纵然没有树和水也足够了。然而在我们东京,如果没有蓊郁的树木,那壮丽的芝山内的灵庙完全无法保持其美丽和威仪。

建造庭园,不用说必须有树和水,创作都市的美观也不能排除这两者。所幸,东京的地面上自古都有很多树木。正如今天依然保留在芝田村町的公孙树一样,相传德川氏入国以前的古木也为数不少。小石川久坚町光圆寺的大银杏,还有麻布善福寺据称是亲鸾上人手植的银杏,都是数百年的老树。浅草观音堂旁有两株闻名的银杏。小石川植物园内的大银杏维新后差点儿被人砍伐,如今尚留斧凿痕,因此广为爱重老树的人们所知晓。如若在东京市内探寻有此等故事来历的大银杏树,那还有许多许多。小石川水道端屹于道路正中的第六天祠之侧,柳原大街污秽的老屋脊上,都高耸着大银杏树。神田小川町马路上，我在一桥中学上学的时候，时常看到大银杏树穿过香烟店的屋顶高高耸立，比电线杆还高。走过麴町的番町，和牛込御徒町，可以看到往昔旗本宅邸内庭里各处耸立着高大的银杏树。

银杏黄叶期和神社佛阁的粉壁朱栏相对而望时，成为最具日本风味的山水画。这里必须说明，浅草观音堂的银杏是东都公孙树中之冠。明和时代这树下有柳屋牙签店，店中美女阿藤的倩影至今留存在铃木春信和一笔斋文调的锦绘里。

比起银杏，松树更能和神社佛阁相调和，更能创造日本式和中国式的风景。江户的武士不在其宅邸中植花木，而于常绿树中殊独尊爱松。原武家的宅邸，有不少地方松树至今不改其绿色，令人望之念起往昔。市谷的堀端有高力松，高田老松町有鹤龟松。根据广重的画册《江户土产》所载，若要举出江户都内人士所遍赏的名松，就有小名木川的五本松，八景坂的铠挂松，麻布的一本松，寺岛村莲华寺的末广松，青山龙岩寺的笠松，龟井户普门院的御腰挂松，柳岛妙见堂的松，根岸御行的松，隅田川首尾的松等多种。但是，时至大正三年的今日，幸好没有枯死的又有几何？

青山龙岩寺的松被北斋描画于锦绘《富岳三十六景》中。我曾经凭借古代的《江户图》——这图以距离大久保我的住宅不远的青山为中心——搜寻过这座寺庙。寺庙残存于青山练兵场近旁兵营背后的千驮谷一隅。堂宇经过改建已无可观，建于境内的公寓里不要说松树，就连庭园般的空地也见不到了。这附近称为山手地区的新日暮里，这里有同日暮里的花见寺相媲美的仙寿院的名园。这也是我从《江户名所图绘》上知道的。我穿着晴日木屐寻访过。钻进古旧的山门，登上石阶，看到两侧修剪整齐的美丽的茶树，不禁有追昔之感。庭院已了无踪迹，本堂横手挖掘的墓地也只应景似的保留着少许的空间。

今日生存于上野博物馆院内的松树是宽永寺的旭松，又称为稚儿松吧？首尾松已经无迹可寻，根岸的御行松依然劲健。麻布本村町的曹溪寺有绝江之松，二本楠高野山有称为独钴之松的松树。其树形和古画相比较，同样具有古昔之貌。

柳和樱交相迎春，共同织成都市的锦绣。既爱市中的树木，决不可对它们等闲置之。说起樱，有上野的秋色樱，平川天神的郁金樱，麻布笄町长谷寺的右卫门樱，青山梅窗院的拾樱，还有今日不知是否存在的《名所绘》上著名的涩谷金王樱，柏木的右卫门樱。或者正如驹込吉祥寺的樱花林荫道一样，要搜寻有来历者数目很多。至于柳，如此有名字的树几乎没有一棵。

据说隋炀帝于长安营建显仁宫，于河南开凿济渠，堤上植柳树一千三百里。金殿玉楼，绿波流影。春风柳絮，状如飞雪。黄叶秋风，菲菲飘舞。想见此番情景，宛如见到螺钿屏风七宝之古陶器，顿觉色彩眩惑。想必是观柳丝摇曳于流水之上，最能使人心旷神怡。东都柳原的土堤上，面临神田川的河水，从筋违之见附到浅草见附，尽是毵毵茂密的柳树。改为东京后不久，堤被毁坏，如今日之所见，已变为红色的砖瓦平房了。

柳桥无柳，已被柳北先生载入《柳桥新志》："桥以柳为名，而不植一株柳。"可是距两国桥不远的川下沟上有小桥，名元柳桥，这里有一株老柳，见于柳北先生该书，又被小林清亲翁画入《东京名所绘》。只见图上的河面朝雾轻笼，两国桥淡如薄墨。这边岸上有巨柳一株，少少斜立。树荫下一穿条纹和服的男子，肩头搭着毛巾，回首望着流动的河水。闲雅之趣溢于画面。仿佛使人听到猪牙船的橹声和鸥鸟的鸣叫。那柳桥是何时枯朽的呢？如今河岸的样子变了，细流已被淤塞，原柳桥遗迹也难寻觅了。

由半藏门到外樱田堀，再到日比谷马场先和田仓御门外的护城河畔，一律种植着柳树，树下到处停放着洒水车。这些柳树恐怕是进入明治时代后栽种的。观广重东都名胜锦绘中的外樱田之景，在护城河畔的道路上未曾画过一株柳树。堤下水边的柳井之旁仅有一株柳树。以余之卑见，为了隔水遥望对岸古城的石垣和老松，这边堤上若有柳树，则有遮挡眺望使眼界变狭之嫌，故不如无有。更谈不上在此种植西洋枫之类的树木了。

东京市欲仿西洋都市之外观，近来不断将此种枫树或橡树植于各区的路旁，最不协调的莫过于赤坂纪之国坂的道路了。对于赤坂离宫那种颇似御所和京都的宫墙来说，种上异国种的枫树实在令人奇怪。山手尤其是护城河附近的道路更没有必要种植街树。山手一带即使没有街树的绿荫，随处都能看到树木。街树在繁华的下町最能发挥效果。银座驹形人形町大街的柳荫下，夏夜的摊点十分热闹，即使没有电扇，天然的凉风自在吹拂，不正是一个星空下的大劝业场吗？

论起东京都下的树木，除了以上这些，更为知名的是青山练兵场内的巨树王,本乡西片町阿部伯爵家的椎树,该区弓町的大樟树,芝三田蜂须贺侯爵宅邸的椎树等。恕不一一赘述。

(陈德文/译)

牵牛花

〔日本〕志贺直哉

我从十几年前以来,年年都种牵牛花。不但为了观赏,也因它的叶子可以作治虫伤的药,所以,一直没有停止。不但蚊蚋,就是蜈蚣黄蜂的伤,也很有效。拿三四枚叶子,用两手搓出一种沾液来,连叶子一起揉擦咬伤的地方,马上止痛止痒,而且以后也不会流出水来。

现在我住的热海大洞台的房子,在后山半腰里搭了一座小房作书斋。房基很窄,窗前就是斜坡。为了安全,筑了一条低低的篱笆。篱下种上一些茶树籽,打算让它慢慢长成一道茶树的生篱。但这是几年前的事了,今年又种上了从东京百货公司买来的几种牵牛花籽。快到夏天时,篱上就爬满了藤蔓,有一些相反地蔓到地上去了,我便把它拉回到篱笆上。茶籽也到处抽出苗来,可是,因牵牛藤长得很茂盛,便照不到阳光了。

这个夏天,我家里住满了儿孙,因此,有一个多月,我都住在半山腰的书斋里。大概因为年龄关系,早晨五点钟醒来再也睡不住了,只好望望外边的风景,等正房里家人起来。我家正房风景就很好，书斋在高处，望出去视野更广，西南方是天城山、大室山、小室山，川奈的崎角和交叠的新岛。与川奈崎角相去不远，是利岛，更远，有时还可以望见三宅岛，但那只是在极晴朗的天气，一年中几次才能隐约望见罢了。正面，是小小的初岛，那后面是大岛，左边，是真鹤的崎角，再过去，可以望见三浦半岛的群山，是极难得的风景区。我以前也住过尾道、松江、我孙子、山科、奈良等风景区，但比较起来还是这儿最好。

每天早晨起来，趺坐在阳台上，一边抽烟，一边看风景，而眼前，则看篱笆上的牵牛花。

我一向不觉得牵牛花有多美，首先因为爱睡早觉，没有机会看初开的花，见到的大半已被太阳晒得有些蔫了，显出憔悴的样子，并不特别喜欢。可是今年夏天，一早就起床，见到了刚开的花，那娇嫩的样子，实在很美，同美人蕉、天竺葵比起来，又显得格外艳丽。牵牛花的生命不过一二小时，看它那娇嫩的神情，不由得想起自己的少年时代。后来想想，在少年时大概已知道娇嫩的美，可是感受还不深，一到老年，才真正觉得美。

听到正房的人声，我便走下坡去，想起给上小学的孙女作压花的材料，摘下几朵琉璃色、大红色或赤豆色的牵牛花，花心向上捧在手里，从坡道走下去，忽然一只飞虻，在脸边嗡嗡飞绕，我举起空着的手把它赶开，可是，它还缠绕着不肯飞开。我在半道里停下来，这飞虻便翘起屁股钻进花心里吸起蜜来，圆圆的花斑肚子，一抽一吸地动着。

过了一息，飞虻从花心里退出来，又钻到另外一朵花里去了，吸了一回蜜，然后毫不留恋地飞走了。飞虻只见到花，全不把我这个人放在眼里，我觉得它亲切可爱。

　　把这事对最小的女孩说了，她听了大感兴趣，马上找出《昆虫图鉴》来，一起查看这是一种什么虻，好像叫花虻，要不就叫花蜂。据《图鉴》说明，虻科昆虫的翅膀都是一枚枚的，底下没有小翅，蜂科的翅膀，则大翅下还有小翅。这只追逐牵牛花的虫儿，见到时认为是虻，就称做虻吧，到底是虻是蜂，现在也没搞清。

（楼适夷/译）

花未眠

〔日本〕川端康成

我常常不可思议地思考一些微不足道的问题。昨日一来到热海的旅馆，旅馆的人拿来了与壁龛里的花不同的海棠花。我太劳顿，早早就入睡了。凌晨四点醒来，发现海棠花未眠。

发现花未眠，我大吃一惊。有葫芦花和夜来香，也有牵牛花和合欢花，这些花差不多都是昼夜绽放的。花在夜间是不眠的，这是众所周知的事。可我仿佛才明白过来。凌晨四点凝视海棠花，更觉得它美极了。它盛放，含有一种哀伤的美。

花未眠这众所周知的事，忽然成了新发现花的机缘。自然的美是无限的。人感受到的美却是有限的，正因为人感受美的能力是有限的，所以说人感受到的美是有限的，自然的美是无限的。至少人的一生中感受到的美是有限的，是很有限的，这是我的实际感受，也是我的感叹。人感受美的能力，既不是与时代同步前进，也不是伴随年龄而增长。凌晨四点的海棠花，应该说也是难能可贵的。如果说，一朵花很美，那么我有时就会不由得自语道：要活下去！

画家雷诺阿说：只要有点进步，那就是进一步接近死亡，这是多么凄惨啊。他又说：我相信我还在进步。这是他临终的话。米开朗基罗临终的话也是：事物好不容易如愿表现出来的时候，也就是死亡。米开朗基罗享年八十九岁。我喜欢他的用石膏套制的脸型。

毋宁说，感受美的能力，发展到一定程度是比较容易的。光凭头脑想象是困难的。美是邂逅所得，是亲近所得。这是需要反复陶冶的。比如唯一一件的古美术作品，成了美的启迪，成了美的开光，这种情况确实很多。所以说，一朵花也是好的。

凝视着壁龛里摆着的一朵插花，我心里想道：与这同样的花自然开放的时候，我会这样仔细凝视它吗？只搞了一朵花插入花瓶，摆在壁龛里，我才凝神注视它。不仅限于花。就说文学吧，今天的小说家如同今天的歌人一样，一般都不怎么认真观察自然。大概认真观察的机会很少吧。壁龛里插上一朵花，要再挂上一幅花的画。这画的美，不亚于真花的当然不多。在这种情况下，要是画作拙劣，那么真花就更加显得美。就算画中花很美，可真花的美仍然是很显眼的。然而，我们仔细观赏画中花，却不怎么留心欣赏真的花。

李迪、钱舜举也好，宗达、光琳、御舟以及古径也好，许多时候我们是从他们描绘的花画中领略到真花的美。不仅限于花。最近我在书桌上摆上两件小青铜像，一件是罗丹创作的《女人的手》，一件是玛伊约尔创作的《勒达像》。光这两件作品也能看出罗丹和玛伊约尔的风格是迥然不同的。从罗丹的作品中可以体味到各种的手势，从玛伊约尔的作品中则可以领略到女人的肌肤。他们观察之仔细，不禁让人惊讶。

我家的狗产崽，小狗东倒西歪地迈步的时候，看见一只小狗的小小形象，我吓了一跳。因为它的形象和某种东西一模一样。我发觉原来它和宗达所画的小狗很相似。那是宗达水墨画中的一只在春草上的小狗的形象。我家喂养的是杂种狗，算不上什么好狗，但我深深理解宗达高尚的写实精神。

去年岁暮，我在京都观察晚霞，就觉得它同长次郎使用的红色一模一样。我以前曾看见过长次郎制造的称之为夕暮的名茶碗。这只茶碗的黄色带红釉子，的确是日本黄昏的天色，它渗透到我的心中。我是在京都仰望真正的天空才想起茶碗来的。观赏这只茶碗的时候，我不由得浮现出坂本繁二郎的画来。那是一幅小画。画的是在荒原寂寞村庄的黄昏天空上，泛起破碎而蓬乱的十字形云彩。这的确是日本黄昏的天色，它渗入我的心。坂本繁二郎画的霞彩，同长次郎制造的茶碗的颜色，都是日本色彩。在日暮时分的京都，我也想起了这幅画。于是，繁二郎的画、长次郎的茶碗和真正黄昏的天空，三者在我心中相互呼应，显得更美了。

那时候，我去本能寺拜谒浦上玉堂的墓，归途正是黄昏。翌日，我去岚山观赏赖山阳刻的玉堂碑。由于是冬天，没有人到岚山来参观。可我却第一次发现了岚山的美。以前我也曾来过几次，作为一般的名胜，我没有很好地欣赏它的美。岚山总是美的，自然总是美的。不过，有时候，这种美只是某些人看到罢了。

我之所以发现花未眠,大概也是由于我独自住在旅馆里,凌晨四时就醒来的缘故吧。

(叶渭渠/译)

一片树叶

〔日本〕东山魁夷

当我把京都作为主要题材来创作我的组画的时候，想起了圆山闻名的夜樱。我多想观赏一下那坠落满枝头的繁盛的花朵，同那春宵的满月交相辉映的情景啊！

那时四月十日前后吧，我弄清楚当夜确实是阴历十五之后，就向京都进发。白天，到圆山公园一看，却也幸运，樱花开得正旺，春天的太阳似乎同月夜良宵相约似的，朗朗地照着。时至向晚，我已经参观了寂光院和三千院，看看时间已到，就折向京都城里。

来到下鸭这地方，蓦然从车窗向外一望，东面天上不正飘浮着一轮又圆又大的月亮吗？我吃了一惊。本来我是想站在圆山的樱树林前，观赏那刚刚从东山露出笑脸的圆月。它一旦升上高空，就会失掉特有的风韵。我后悔不该在大原消磨那么多时光。

我急匆匆赶到圆山公园，稍稍松了口气。所幸，这儿靠近山峦，一时还望不见月亮的姿影。东山浸在碧青色的暮霭里，山前面一株枝条垂挂的樱树，披着绯红色华美的春装，仿佛将京都的春色完全凝聚于一身似的。地面上，不见一朵落花。

山头一片净明，月亮微微探出头来，静静地升上绛紫色的天空。这时，樱花仰望着月亮，月亮俯视着樱花。刹那之间，消尽了游春的灯火和杂沓的人影。四周阒无人声，只给月和花留下了清丽的好天地。

这也许就是常说的奇缘巧遇吧，花期短暂，难得碰上朗照的满月；再说，月华的胜景，也只限于今宵，要是碰上阴雨天气，就什么也看不到。此外，还必须有我这个欣赏者在场才成。

这只不过是一个例子，不管在什么场合，应当意识到风景的惠顾只能有一次。因为自然是活生生的，它在不断地变化。而且，眼望着风景的我们自身，也在天天变化着。不断流转的命运在描画着生成和衰灭的圆环。从这一点看，自然和我们都联结在一条根上。

如果花儿常开不败，我们能永远活在地球上，那么花月相逢便不会引人如此动情。花开花落，方显出生命的灿烂光华；爱花赏花，更说明人对花木的无限珍惜。地球上瞬息即逝的事物，一旦有缘相遇，定会在人们的心里激起无限的喜悦。这不只限于樱花，即使路旁一棵无名小草，不是同样如此吗？

自然景物令人赏心悦目，这个体验是我在战争中获得的。那时想到自己的生命之火就要熄灭了，处在这样境况里，才发觉自然景物却充满了旺盛的活力。于是，我受到了强烈的震动。过去在我的眼里，这些景物都是平淡无奇，不堪一顾的呢？

战争结束以后,在贫困的年代里,我也陷入苦难的深渊。冬天,我伫立在凄清寂寞的山峦上,大自然和我紧密相连,这才使我的心境感到充实而满足,我心中产生了对生活的切实而纯真的向往。

作为风景画家,我就是从这样的基点出发的。其后绘制的《路》,画面中央有一条路通过,两侧只有绿草,构图十分单纯,这风景随处都能找到。但是,这幅作品却是表现了我的满心的情思,它所象征的世界,似乎是和许多人的心相通的。人们看到这幅画,都会想到自己走过的道路而感叹不已。

国立公园和名胜地的风景,各自具有优美的景观和意义。即使在最平凡的风景之中,人们也应当找到与自己的心灵息息相关的地方来。

我是个喜欢旅行的人。我在超越北极圈的遥远的拉普兰,午夜里看到过不落的太阳。那是多么神秘的光景。那是完全脱离人间的荒寥的风景。它强烈撼动着我的心。然而,我在北欧之旅中作为白夜的景色所描绘的是瑞典波的尼亚湾港湾的海滨,以及芬兰湖泊地带一望无垠的针叶林和湖泊的风景,那里都是人们可以居住的地带。

我所喜欢描绘的不是人迹罕至的景致,而是富有生活情趣的自然风物。然而,在我所描绘的风景里,可以说,几乎没有人物出现。其中一个理由是,我描绘的风景是人们心灵的象征。我是通过自然景色本身,抒写人们的内心世界的。

只有一次,在我的风景里难得地出现了点缀。那是一套组画,风景中出现的不是人,而是一匹白马。虽然远远看起来很微小，但白马却是画面的主题。整个风景都起着背景的作用，反映着白马所象征的世界。

我喜欢古拙、小巧的城镇。在那里，连房屋的墙壁上都浸染着几代人的体温。我感到山城镇里人们的生活，保持着人们特有的悠然情调。我看到德国的古都，每个窗边都开着美丽的花朵，那是向过路人亲切问候的语言。从屋内看上去，花朵全向外头开放，得不到从马路上看过来的美感。而且，窗户的造型也显得十分精巧有趣。

我常常揣摩画面的内容，创作散文，这是我接触了清新的自然和素朴的形象之后引起的感动所致。在战后的时代急流勇进中，我有很多时候，是走着同时代相游离的道路的。现在看来，这条路算是对了。而且，我决心继续走下去。

为什么呢？因为我感到，现代文明的急速发展，破坏了自然和人类、人和人之间的平衡，地上仅有的生物失去生存的意义和自尊的危险性越来越大。不用说，世界有必要恢复平衡的感觉。应当珍视清澄的自然和素朴的人类，要形成一股制止人类着了魔一般的贸然的行为。人应当更谦虚地看待自然和风景。为此，固然有必要出门旅行，同大自然直接接触，或深入异乡，领略一下当地人们的生活情趣。然而，就是我们住地周围，哪怕是庭院的一木一叶，只要用心观察，有时也能深刻地领略到生命的涵义。

我注视着院子里的树木，更准确地说，是在凝望枝头上的一片树叶，而今，它泛着美丽的绿色，在夏日阳光里闪耀着光辉。我想起当它还是幼芽的时候，我所看到的情景。那是去年初冬，就在这片新叶尚未吐露的地方，吊着一片干枯的黄叶，不久就脱离了枝条飘落到地上。就在原来的枝丫上，你这幼小的坚强的嫩芽，生机勃勃地诞生了。

任凭寒风猛吹，任凭大雪纷纷，你默默等待着春天，慢慢地在体内积攒着力量。一日清晨，微雨乍晴，我看到树枝上缀满粒粒珍珠，这是一枚枚新生的幼芽凝聚着雨水闪闪发光。于是我感到百草都在催芽，春天已经临近了。

春天终于来了，万木高高兴兴地吐翠了。然而，散落在地面上的陈叶，早已腐烂化作泥土了。

你迅速长成了一片嫩叶在初夏的太阳下浮绿泛金。对于柔弱的绿叶来说，初夏，既是生机旺盛的季节，也是最易遭受害虫侵蚀的季节。幸好，你平安地迎来了暑天，而今正同伙伴们织成浓密的青荫，遮蔽着枝头。

我预测着你的未来。到了仲夏，鸣蝉将在你的浓荫下长啸，等一场台风袭过，那吱吱蝉鸣变成了凄切的哀吟，天气也随之凉爽起来。蝉声一断，代之而来的是树根深处秋虫的合唱，这唧唧虫声，确也能为静寂的秋夜增添不少雅趣。

你的绿意，不知不觉黯然失色了，终于变成了一片黄叶，在冷雨里垂挂着。夜来秋风敲窗，第二天早晨起来，树枝上已经消失了你的踪影。只看到你所在的那个枝丫上又冒出了一个嫩芽。等到这个幼芽绽放绿意的时候，你早已零落地下，埋在泥土之中了。

这就是自然，不光是一片树叶，生活在世界上的万物，都有一个相同的归宿。一叶坠地，决不是毫无意义的。正是这片片黄叶，换来了整个大树的盎然生机。这一片树叶的诞生和消亡，正标志着生命在四季里的不停转化。

同样，一个人的死关系着整个人类的生。死，固然是人人所不欢迎的。但是，只要你珍爱自己生命，同时也珍爱他人的生命，那么，当你生命渐尽，行将回归大地的时候，你应当感到庆幸。这就是我观察庭院里的一片树叶所得的启示。不，这是那片树叶向我娓娓讲述的生死轮回的要谛。

（陈德文/译）

编后记

那还是一年前,接到林贤治先生的电话,说是花城出版社正在策划一套专写"花草树木"的随笔丛书,问我有没有写这类文章的朋友可以推荐。我不擅长交际,朋友很少,问了几位,不是没写过,就是写过而篇幅不够出一本书。如实汇报时,随口说道:当下国内作者这类作品看得不多,倒是读过一些翻译作品,觉得别有一番境界。没想到林贤治先生当即拍板,命我编一册《外国名家植物小品》。

随着查阅资料的进展,渐渐发现情况与预想的大相径庭。原先印象甚佳的那些译作都是专书,整体可观,节选后不成片段。而那些原作者又都是专家,言之凿凿,却并不注重文字章法。斟酌再三,不得不忍痛割爱,最终还是回到文学的老路上来。好在近年来所谓"生态文学"方兴未艾,英国乡村散文、美国自然文学等都搭上顺风车,多有译介。中外文学中植物书写的差异,依稀可辨。

其实,中国古代植物书写也有博物学的悠久传统,不仅农书、医书之类汗牛充栋,经书、类书(如《尔雅》等)中也存有大量相关文字。而《南方草木状》《群芳谱》《花镜》《植物名实图考》之类的专书,更是兼具现代科普和园艺书写的特征。可惜的是,正统的主流文学未能遵循"多识于草木鸟兽之名"的教诲,而是偏好"比兴"之法,留下大量"托物言志""借景抒情"的篇什。作为描写对象的植物,仅仅被当作服务于主题的修辞,自身并不具备独立的价值和意义。

许多外国文学家的笔下,同样有着类似的倾向。这是由于文学本身的共通特性所决定,古今中外,大同小异?还是外国文学中此类作品属于少数,只是我们的翻译家受到自身文学传统的制约,无意中做了选择性的译介?我见识有限,无法解释这一现象,盼博学之士能够给予点拨。

鉴于选本转向文学一边,侧重名家名篇,兼顾国别与民族特色,各种类型和风格的作品都选了一些。如此一来,选择的标准比较持中,背离了当初另辟蹊径的想法。不过，能给读者提供一个多元共存的读本，也算是失之东隅，收之桑榆。

思考中外文学中植物书写的异同，自然会联系到中国现代作家作品。中国现代作家既受古代影响，也受外国影响，而他们的作品又影响了当下的写作。如果能编选一册现代作家的植物小品，呈现中国现代文学植物书写的范式和流变，无论对于普通读者，还是对于当下的写作者，都是不无裨益的。当我把这一想法禀告林贤治先生时，又立刻得到认可，获准再编一册《现代名家植物小品》。这真是好事成双。

中国现代作家笔下，"托物言志""借景抒情"的作品比比皆是。这一回，我决定不再秉承中庸的态度，尽量舍弃那些虚文滥调，专注于纯粹的植物书写。选文偏重知识性和经验性，先"物理"而后"人情"。我推崇的这种范式，或许算不上现代文学写作的主流，但理应是植物书写的正道。也正是因此，除了文学家之外，这个选本还收录了个别园艺和科普作家的文章，希望能以此矫正一下文学界的空疏之风。

一年以前，绝对想不到自己会编这样两册植物小品选。林贤治先生的信任，以及在其他方面给我的启迪和帮助,实在无以回报。但愿这两册小书能够赢得读者的喜爱,让我不负所望,那将是皆大欢喜了。

桑农

2018.11.18